할 말 있어요

할 말 있어요

일라나 캉탱 지음

김 자 연 옮김

라임

차례

나의 여동생 루나에게

어떤 경우에도 말하는 것을 겁내지 않으며 자랄 수 있기를.

피해자 vs. 가해자

아멜린 브리양 사건이 일어나기 훨씬 전부터 교내에서는 참을 만큼 참았다는 분위기가 팽배했다. 찢어진 청바지와 크롭 티를 입었다는 이유로 벌점을 받을 수도 있다는 사실이 우리의 신경을 곤두서게 했지만 문제는 그뿐만이 아니었다. 남학생 기숙사는 밤 11시까지 친구 방에 드나들 수 있지만, 여학생 기숙사는 그러지를 못했다. 너무 시끄럽게 군다는 이유로 기숙사 사감 선생님이 밤 9시 이후로는 다른 방 출입을 금지해 버린 것이다.

게다가 학교 측에서는 남자 핸드볼 팀이 원정 경기에 참가할 수 있도록 천문학적인 금액을 쏟아부어 놓고선, 그보다 선수층도 두텁고 랭킹도 훨씬 상위인 여자 육상 선수들에게는 원정 경기 비용을 알아서 마련하라고 통보했다. 결국 육상 선수들이 아침마다 크루아상을 팔아서 경비를 마련했다는 소식을 접했을 때는 정말이지 화딱지가 나서 참을 수가 없었다. 이런 식의 일들이 비일비재하게 일어났다.

그러니 올랭프 드 구주 고등학교에서 여학생들이 남학생들보다 못한 대우를 받는다는 사실은 더 이상 비밀이 아니었다. 지금 태어났다면 미투 운동에 참여했을 법한 여성 인권 운동의 상징적 인물이자 시민 운동가였던 '올랭프 드 구주'에게서 학교 이름을 따왔다는 사실을 생각해 보면 참 아이러니한 일이 아닐 수 없었다.

우리는 이렇게 그동안 부당한 대우를 감수하며 지냈다. 학교의 평판이 좋아서 학교 생활 기록부 등이 입시에 유리했기 때문이다. 하지만 아멜린 브리양 사건으로 인해 꾹 참고 있던 게 터져 버렸다.

나는 신문 동아리에서 활동했다. 지역 스포츠 경기 결과와 커피 머신 가격 변동 따위의 소소한 소식을 알려 주는 일이 대부분이었기 때문에 신문 동아리 활동은 지루하기 짝이 없었다. 물론 성의감에 불타서 뾰족한 기사를 쓴 적도 있었다. 철학 수업 계획서의 수정을 요구하기 위해 학생들의 불만을 드러낸 기사였는데, 학교 측의 검열로 허무하게 삭제되고 말았다. 그 후로는 자중할 수밖에 없었다.

그런데 어느 화요일, 모처럼 1교시 수업이 8시가 아니라 9시에 시작되던 날 아침이었다. 마르탱이 우리의 사령부인 동아리 방으로 부산을 떨며 들어섰다.

"너, 아멜린 브리양 이야기 들었어?"

"안녕, 마르탱."

나는 하품을 하며 건성으로 인사를 건넸다.

마르탱은 매사에 에너지가 넘치는 아이였다. 저널리즘에 푹 빠져서 새벽 5시면 어김없이 일어나 전 세계의 뉴스란 뉴스를 모두 본 뒤에야 학교에 왔다. 그런 마르탱에 비하면 나는 노는 것이나 마찬가지였다. 그렇다고 죄책감을 느끼지는 않았다. 열여덟 살에 번아웃을 경험하고 싶지는 않았으니까.

마르탱은 의자를 끌어당겨 앉더니 탁자 위에 팔꿈치를 대고 툭 튀어나온 눈으로 나를 빤히 바라보았다. 무슨 이야기를 할지 짐작이 가서 씩 웃었다. 뭔가 음모를 꾸미려는 얼굴이었다.

"2학년 이과 반 아멜린 브리양 말이야."

이름을 들어도 딱히 떠오르는 게 없었다.

"걔가 왜?"

"2주 전 체육 시간에 같은 반 남자애가 장난이랍시고 엉덩이를 만졌대. 아이들은 키득거리며 웃어넘겼고, 선생님은 못 봤다며 그냥 넘어가셨지. 그 일이 있은 후로 며칠 동안 아이들이 그 애를……, 내가 들은 말을 그대로 인용할게. '난잡한 애' 취급을 했다나 봐. 그러다 어느 날 점심시간에 학생 식당에서 줄을 섰는데, 3학년 남학생이 그 애더러 '그런 걸 좋아한다'고 놀렸다는 거야. 아멜린은 결국 폭발해서 그 남학생에게 달려들어 흠씬 패 버렸대."

나는 얼굴을 찌푸렸다. 처음 듣는 이야기였다.

"그게 무슨……, 젠장."

"어제저녁에 아멜린의 행동을 문제 삼아 선도 위원회가 열렸대."

나는 그 대목에서 구미가 확 당겨 자세를 고쳐 앉았다. 특종의 냄새가 났다. 마르탱은 음흉하게 웃더니 한참 동안 뜸을 들였다.

"그래서 결과는?"

"전학 조치."

"남학생들은! 걔 엉덩이 만진 애랑 3학년 남학생은 어떻게 됐는데?"

마르탱은 유감이라는 표정으로 고개를 가로저었다. 솔직히 그리 놀랍지는 않았다. 부당한 일이 하나 더 생긴 것뿐이니까. 일주일에 5일씩, 이 년 가까이 다니고 있지만 이 학교는 눈곱만큼도 나아지는 게 없었다. 오히려 최악만 경신되어 점점 더 억압적인 분위기로 바뀌어 갔다.

마르탱이 조심스럽게 입을 열었다.

"라셸, 우리가 그 일에 대해 뭔가를 써야 해. 그 여자애한테도 말할 기회를 줘야 하지 않겠어?"

"지금 그 애를 인터뷰하고 싶다는 거야?"

"응, 네가 인터뷰를 했으면 좋겠어. 그래야 그 애 마음이 좀 더 편할 거 같아서. 같은 여자니까."

"기사를 쓴다 해도 지난번처럼 검열을 당할 수도 있어."

내 말에 마르탱이 고개를 끄덕였다. 이미 그 문제를 생각해 본 모양이었다. 그러고는 목소리를 낮추어 은밀하게 속삭였다.

"특별호를 만들어서 이번 주에 발행하는 신문에 슬쩍 끼워 넣는 거야. 학교에는 일반판을 보내서 승인을 받고 특별호는 우리 아버지께 부탁해서 몰래 인쇄하는 거지. 그러고 나서 아이들에게 나눠 주면 돼."

그리 좋아하지도 않는 학교를 위해 수고를 마다하지 않는 녀석의 제안이 놀랍고도 혼란스러워, 나는 어리둥절한 표정을 지은 채 한동안 잠자코 있었다. 마르탱은 상류층들이 모여 사는 이 동네 학교에서 UFO 같은 존재였다. 추첨식 학교 배정 방법이 아니었다면 이 학교에 올 이유가 없는 아이였다. 마르탱이 기다리는 건 단 한 가지였다. 대학 입학 시험에 합격해 대학생이 된 뒤 탐사 보도에 푹 빠져 사는 것.

나는 깊은 고민에 빠졌다. 무언가를 위반하는 것은 내 천성이 아니었다. 우리 집은 정확히 오후 7시 30분에 저녁 식사를 해야 하고, 일요일이면 시내에 나가 브런치를 먹어야 하며, 일곱 살이 되면 피아노 레슨을 시작해야 하는 규칙을 반드시 지켰다. 그러니까 나는 줄곧 품위를 우선시하는 가풍, 즉 입을 크게 벌리면 곧바로 제지를 당하는 분위기 속에서 자랐다. 그럼에도 불구하고 오빠는 부모님이 원하는 경영학과로의 진학을 거부하며 허용 범위를 슬금슬금 벗어났다. 결국 미술대학에 진학했는데, 엄마의 표현을 빌리자면 충분히 훌륭한 선택이지만 미래가 너무 불안정하다나.

그런 오빠 때문에 내 생활은 부쩍 더 어려워졌다. 조심해야 할 게 많아졌기 때문이다. 하지만 아멜린 브리양의 일은 나의 두려움을 훌쩍 넘어서는 일이라는 생각이 들었다. 그 애가 자신의 이야기를 하지 못한 채 입을 꾹 다물고 살아가게 내버려 두고 싶지 않았다. 결국 나는 마르탱의 제안을 받아들였다.

오후 수업이 끝난 뒤, 우리는 교장 선생님을 찾아갔다. 교장 선생님은 그 결정을 번복하지 않을 것이라고 단호하게 말했다. 또한 우리가 이 일을 끄집어내어 불필요한 소란을 일으키지 않으리라 믿는다고 덧붙였다.

마르탱과 나는 전혀 실망하지 않았다. 교장 선생님의 말씀 덕분에 우리의 직감이 맞았다는 데 확신을 갖게 되었으니까. 뭔가를 행동으로 옮기기 위해서는 좀 더 과감해질 필요가 있었다.

그날 저녁, 나는 아멜린 브리양을 그 애 집 근처 카페에서 만나기로 했다. 페이스북에서 메시지를 보내자 아멜린은 십 분도 채 안 되어 대답을 했다. 처음에는 경계를 하는가 싶더니 곧바로 만남을 수락했다. 아멜린도 그 일로 마음이 무척 무거운 듯했다.

나는 짐짓 그 애가 겪은 부당한 처사에 관해 열변을 토했다. 입장을 밝히지 않는다면 최악의 소문들이 계속 이어질 거라고 몇 번이나 강조했다. 죄책감이 약간 들기는 했지만, '좋은 일을 하기 위해선 조금은 나쁜 일도 해야 된다.'던 마르탱의 말이 나를 얼마간 안심시켜 주었다.

막상 카페에서 마주한 아멜린은 충격에 빠져서 그런지 매우 혼란스러운 모습이었다. 대화를 피하려는 건 아니었지만 무슨 말을 해야 할지 몰라 당혹스러워했다. 신문 동아리의 인터뷰 원칙에 따라 내가 핫초코를 샀다. 사람들이 쉽게 말문을 열 수 있도록 이끄는 전략 중의 하나였다.

나는 자리에 앉자마자 자못 노련한 품새로 수첩과 휴대용 녹음기를 꺼냈다. 아멜린은 경계하는 눈빛으로 녹음기를 빤히 바라봤다.

"걱정하지 마. 나만 들을 거야. 혹시라도 놓치는 게 있을까 봐. 네가 원치 않는 건 기사에 쓰지 않을게."

아멜린은 굳은 얼굴로 고개를 끄덕였다. 곧이어 주문한 음료가 나왔고, 나는 정식으로 인터뷰를 하기 위해 목소리를 가다듬었다.

"아멜린, 여기 오기 전에 교장 선생님을 만났는데 학교 측 입장밖에 못 들었어. 이제 네 얘기가 듣고 싶어. 그때 무슨 일이 있었던 거야?"

아멜린이 크고 멀건 눈으로 나를 가만히 바라보았다. 그제야 이 아이와 마주친 적이 있었다는 게 기억났다. 엷게 화장한 얼굴에 신발과 색깔이 같은 립스틱을 바르고 다니던 아이였는데……. 지금은 전혀 꾸미지 않은 얼굴에 매끈한 머릿결 대신 너저분한 머리 모양을 하고 있었다. 아멜린은 핫초코를 홀짝이다가 한참 만에 입을 열었다.

"교장 선생님이 뭐라고 하셨어? 그러니까 학교 측 이야기 말이야."

아멜린이 도로 질문을 하자, 나는 당황한 나머지 잠시 머뭇거리다가 천천히 대답했다.

"교내에서의 폭력 행위를 용납할 수 없어서 전학 처분을 내렸다고 하셨어. 3학년 남학생이 얼굴을 세 바늘이나 꿰맸대."

아멜린의 얼굴에 설핏 비웃음이 스쳤다.

"그럼 성추행은? 그건 용납할 수 있나 보지?"

드디어 본론에 들어갔다. 나는 아멜린의 말을 수첩에 받아 적기 시작했다. '성추행'은 강력한 단어였다. 좀 더 파고들어 가 보기로 했다.

"네 엉덩이를 만졌다는 남자애 얘기인 거지?"

"걔뿐만이 아니야! 나를 '학교 건물 뒤쪽으로 데려가고 싶다.'는 남자애들의 메시지를 수십 통이나 받았어. 인스타그램에 올렸던 사진들이 남학생들 사이에 돌기도 했고. 내 엉덩이 이야기로 가득한 채팅창들도 있어. 내 엉덩이는 누구나 만져도 되는 것처럼. 자, 한번 봐."

아멜린이 휴대폰을 꺼내서 스크린 캡처한 사진들을 보여 줬다. 나는 사진을 넘기며 수백 개의 메시지를 훑어보았다. 너무나 충격적이어서 힘이 풀린 나머지, 손에서 펜이 굴러떨어졌다. 남자애들은 노골적인 단어를 남발하며 추잡한 판타지 속에 아멜린을 밀어 넣은 채 함부로 모욕하고 있었다. 마음이 찢어질 듯이 아팠다. 이런 상스러운 광기의 한가운데에 서 있으면 어떤 기분이 들까?

잠시 후 고개를 들어 보니 아멜린이 울고 있었다.

더 이상 기자 역할을 하고 있을 수가 없었다. 녹음기를 끄고 수첩을 덮은 뒤 가방에 넣었다.

"선도 위원회가 열렸을 때 이 메시지들을 보여 줬어?"

휴지를 건네며 묻자 아멜린이 고개를 끄덕였다. 울먹거리느라 말이 뚝뚝 끊겼다. 그 애가 온전한 문장을 말하기까지 시간이 필요했다.

"아무것도 알고 싶어 하지 않았어, 그 사람들은……. 내가 그 사진들을 인터넷에 올렸기 때문에 모든 게 내 책임이라는 거야. 사람들이 그 사진들로 무엇을 하든 내가 다 책임을 져야 한다고."

주변 공기가 점점 갑갑하게 느껴졌다. 아멜린의 입에서 나오는 이야기들이 우리 학교에서 일어났다는 사실을 믿기가 힘들었다. 그 모든 일이 우리 눈앞에서 버젓이 벌어졌는데, 지금까지 아무도 모르게 쉬쉬했다는 것도.

"그리고……."

아멜린이 힘겹게 말을 이었다. 목소리가 갈라져 쉿소리가 났다. 나는 그 애의 손을 힘주어 잡았다. 이 자리에서만큼은 더 이상 기자가 아니라 마음을 털어놓을 수 있는 친구이고 싶었다.

“그 3학년 남학생…… 폴 뮐러와의 일은 선도 위원회에서 사실대로 말하지도 못했어.”

“그게 무슨 말이야?”

아멜린은 숨을 깊게 들이마시더니 내 손을 놓고 본격적으로 이야기를 하기 시작했다.

“너도 알지? 점심시간에 학생 식당 앞의 줄이 어떤지. 12시 30분이면 3학년에 이어서 2학년이 들어가느라 엄청나게 붐비잖아. 2학년 애들이 밥을 서로 더 빨리 먹으려고 거의 돌진하다시피 하니까. 그 서슬에 내가 그 남학생 가까이로 떠밀렸어. 얼굴이 그 애 가슴에 닿을 것 같아서 내 친구 쪽으로 재빨리 돌아섰지. 그러다 보니 내, 내 엉덩이가……. 무슨 말인지 알지? 그때 그 애가 날 알아보고는 느끼한 목소리로 말을 걸더라고. ‘오, 귀여운 아멜린이네!’ 이러더니, 내 사진을 엄청 많이 봤다고 하면서 정말 예쁘다고 하는 거야. 그리고…….”

아멜린은 목이 메는지 말을 채 끝맺지 못했다. 크게 심호흡을 한 뒤 다시 말을 이었다.

“그 애 손바닥이 내 엉덩이에 닿는 게 느껴졌어. 숨기려고 하지도 않지 뭐야. 내 엉덩이를 만졌다고 떠들면서 자기 친구들하고 장난까지 치던걸. 난 아무 말도 할 수가 없었어. 너무 놀란 나머지 온몸이 뻣뻣하게 굳어서 비명조차 나오지 않았거든. 그런데…… 그 애가 내 몸을 또다시 만지기 시작했어. 바로 그때 내가 폭발한 거야. 이 이야기를 선도 위원회에서는 차마 하지 못했어. 너무너무 치욕스러웠으니까.”

말문이 턱 막혔다. 나는 아멜린의 눈을 뚫어져라 바라봤다. 그 애가 느꼈을 두려움과 거북함, 치욕스러움이 고스란히 내게로 전해졌다. 나도 모르게 몸이 덜덜 떨렸다.

나는 정신을 가다듬고 찬찬히 말했다.

"아멜린, 이건 불공평해. 전학을 가야 하는 건 네가 아니라 그 3학년 자식이야. 걔가 그렇게 행동해도 문제 될 것 없다고 믿게 놔둔 어른들이 잘못한 거라고."

"고마워. 하지만…… 너무 늦었어. 나는 다른 학교로 전학 갈 거야."

"아니, 그러지 마. 진실을 알리면 상황이 달라질 거야. 내가 그렇게 해도 되겠니?"

아멜린은 머뭇거렸다. 그 망설임을 충분히 이해할 수 있었다. 솔직히 말하면 그 애가 거절할 거라고 생각했다. 이 일을 가만히 덮어 두고 다시는 입에 올리려 하지 않을 거라고.

희망을 잃어 가던 순간, 아멜린이 조심스럽게 고개를 끄덕였다. 나는 세상에서 가장 밝은 미소를 지어 보인 뒤, 정의를 되찾을 수 있도록 최선을 다하겠다고 약속했다.

집으로 돌아오자마자 마르탱에게서 전화가 왔다. 나는 충격에서 아직 헤어나지 못한 상태로 전화를 받았다.

"인터뷰 어땠어? 녹음했지? 나한테 파일 보내 줄 수 있어?"

"음……, 아니. 마르탱, 너 나 믿지?"

마르탱은 아무 대답이 없었다. 의미심장한 침묵이었다. 뭐든지 통제하고 관여하고 싶어 하는 그 애의 성격을 잘 알고 있었다. 그래서 내 의견을 무작정 따라 줄 거라고는 생각하지 않았다.

잠시 후, 마르탱이 다소 진지한 말투로 대답했다.

"어떤 건이냐에 따라 다르지."

"이번 특별호는 나 혼자서 만들고 싶어. 나한테 권한을 준다면 내일 사람들에게 나눠 줄 수 있도록 밤새 준비해 볼게."

마르탱은 확신이 서지 않는 눈치였다. 아멜린의 말을 왜곡하지 않고 특별호에 실을 수 있는 사람은 나뿐이라고 설득했다. 그 애는 결국 내 제안을 받아들였다.

새벽 2시까지 글을 썼다. 세 번을 고쳐 쓴 뒤에야 겨우 만족했는데, 교정을 보기 위해 읽어 보다가 그만 머리칼을 쥐어뜯고 말았다. 처음부터 다시 쓰려고 모두 지웠다. 단어의 선택에서 표현 방식, 그리고 메시지의 전개 방향을 다시금 고민하며 찬찬히 숨을 골랐다.

어느새 3시가 다 되어 갔다. 무언가 바뀌길 바란다면 팩트만 전달하는 데서 그쳐서는 안 될 것 같았다. 저항심이 생기도록 자극해야 했다. 4시에는 편집 프로그램이 먹통이 되는 바람에 인내심이 폭발했다.

5시, 다른 가족들은 아직 잠들어 있을 시각에 프린터와 한바탕 씨름을 벌였다. 밤을 꼬박 새운 뒤 6시가 될 즈음에는 A4 크기로 인쇄된 전단 150장이 책상 위에 가지런히 놓였다. 도발을 상징하는 분홍색 바탕 위에 간결한 문장들이 빼곡하게 인쇄되었다. 교문이 열리자마자 이 종이들은 모든 학년의 여학생과 여자 선생님, 그리고 여자 직원들의 손에 쥐여질 것이다.

올랭프 드 구주의 여성들에게

지난 월요일 저녁, 우리 학교 안에서 매우 부당한 일이 벌어졌습니다. 아주 은밀하게 열린 선도 위원회에서 젠더 폭력과 남성 우위 사상, 그리고 성추행이 승리를 거두었습니다. 그 결과, 한 여학생이 전학 조치를 받았습니다. 학교 측은 인과 관계를 파악하지도 않고 그릇된 선입견에 갇힌 채 명백히 피해자인 여학생에게 학교 폭력의 가해자라는 누명을 씌웠습니다.

우리는 그런 결정을 용납해서는 안 됩니다. 남학생이 여학생의 몸을 멋대로 만지고 나서 거짓으로 후회하는 시늉을 하면 순순히 넘어가 주는 게 말이 되나요? 자신의 몸을 보호하기 위해 정당방위를 행사한 일에 선도 위원회를 열어, 본인의 의사와 관계 없이 전학을 결정하다니요! 우리는 결단코 이 결과에 승복할 수 없습니다. 그들이 이 학교를 상징하는 여성의 이름과 명성을 함부로 더럽히도록 가만히 내버려 두어선 안 됩니다.

그래서 나, 라셸 르비에는 이 학교의 교문을 매일 드나드는 여성들에게 오늘 아침부터 즉각 수업 거부에 동참해 줄 것을 호소합니다. 수업에 들어가지 말고, 학교 운동장에 모여 정의가 실현될 때까지 함께 행동할 것을 제안합니다.

우리는 이러한 불의에 결코 동의해서는 안 됩니다. 이런 일이 더 이상 벌어지지 않게 하기 위해서 우리 모두 힘을 모아야 합니다!

수업 거부 운동

고백하자면 '수업 거부'라는 아이디어를 떠올린 뒤부터 평정심을 유지하기 힘들었다. 한밤중에 커피 석 잔을 연거푸 마신 후 자신감이 한껏 높아진 상태에서 나온 기가 막힌 콘셉트였던 것이다. 그러나 다음 날 아침 7시 30분에 전단지 더미를 든 채 교문 앞을 서성거리고 있으려니 스스로가 한없이 작고 우습게 느껴졌다. 간밤의 자신감은 온데간데없이 사라졌다.

다가오는 여학생 무리에게 전단지를 소심하게 내밀었다. 아이들은 얼굴을 잔뜩 찌푸리며 전단지를 받았고, 나는 그럴수록 최고의 미소를 지으려 애썼다. 실상은 좀비 같은 몰골로 세상에서 가장 오싹한 미소를 지었을 테지만.

그들이 지나간 뒤로는 남학생들만 나타났다. 남학생들에게는 전단지를 나눠 주지 않았다. 어떤 원칙이 있어서라기보다는 나름의 전략이었다. 남학생들이 어떤 이슈에서 소외된다고 느끼면 호기심을 보일 테고, 그만큼 소식이 빨리 퍼질 테니까. 그다음에 지나간 여학생들은 약속이라도 한 듯 모두 전단지를 받지 않았다.

십오 분 후, 나는 주눅이 잔뜩 든 상태로 전단지를 겨우 나눠 주었다. 차라리 그만두는 게 낫겠다는 생각이 들었다. 그때 마르탱이 등장했다. 아무도 원치 않는 나의 분홍색 종이를 그 애에게 기계적으로 건넸다.

"이게 특별호야?"

"신문이라고 할 수는 없지만 아주 특별하긴 하지. 읽고 나서 어떤지나 말해 줘."

마르탱은 글을 읽다 말고 빈정거렸다.

"색깔이 꼭…… 두루마리 휴지 같네. 뭐, 그래도 괜찮아. 도발을 상징하는 색이니까."

나는 씩 웃었다. 역시 녀석은 내 의도를 간파했다. 마르탱이 글을 읽는 동안 나는 안절부절못했다. 혹시나 그 애 마음에 들지 않거나, 이런 선동적인 태도가 신문의 취지와 맞지 않는다고 할까 봐 걱정이 되었다.

마침내 녀석이 묘한 표정을 지으며 고개를 들었다.

"젠장! 이거 진짜 멋진데? 라셸, 정말 천재적인 아이디어야. 전단지 좀 줘 봐. 나도 도울게."

"마르탱."

녀석이 흥분해서 너무 앞서갈까 봐 조심스레 말했다.

"너, 내가 뭘 하겠다는 건지 알아? 수업 거부를 하겠다는 거야. 그것도 십오 분 후에 곧바로. 날 지지하면 넌 수업에 들어갈 수 없다고."

"지금 나한테 정의와 수업 중에서 하나를 택하라고 하는 거야? 너야말로 나를 뭘로 보는 거야?"

순간 혼자가 아니라는 사실에 안도의 미소가 지어졌다. 마르탱은 교문 맞은편에 자리를 잡고 섰다. 우리는 남학생이나 남자 선생님의 손에 건네지지 않도록 조심하면서 전단지를 나눠 주었다. 학생들은 점차 우리의 작전(?)을 눈치채고 전단지에 관심을 갖기 시작했다. 남학생들은 불공평하다며 투덜댔고, 여학생들은 기대 이상으로 의기양양해했다. 당연히 자신의 것이라고 믿었던 무언가를 금지하는 것만으로도 남자들의 관심을 집중시키기에는 충분했다.

8시 5분, 교문이 닫혔을 때 우리의 손은 텅 비어 있었다. '이제 뭘 하지?'라는 눈빛으로 마르탱을 바라보았다. 일단 시작을 하긴 했지만 나에게는 마르탱만큼 도전적인 기질이 없었다.

사실은 겁이 났다. 학교 운동장 한가운데에 혼자 있게 될까 봐, 아무도 나의 제안을 진지하게 생각하지 않을까 봐, 이 모든 일이 시작도 하기 전에 끝나 버릴까 봐, 아멜린이 영원히 불합리한 교칙의 피해자로 남을까 봐…… 몹시 두려웠다.

"너, 불안하구나?"

운동장으로 향하던 마르탱이 불쑥 물었다.

"왜 그렇게 생각해?"

나는 밀려드는 두려움을 최대한 감추어 보려고 어색하게 웃으며 되물었다.

"내가 널 좀 알잖아."

나는 대꾸하지 않고 어깨를 으쓱해 보였다. 마음속에서는 흡사 사육제라도 벌어진 것 같았다. 심장이 세차게 뛰었고, 위장이 쉴 새 없이 뒤틀렸으며, 다리는 한 발짝 내딛기도 힘들 만큼 후들거렸다. 너무 피곤했다. 지금 가장 원하는 건 커피 마시기, 그다음은 모두 포기하기. 그뿐이었다. 성공하리란 희망을 가질 수가 없었다. 여학생들이 일어서도록 하려면 분홍색 종이 한 장보다 더 강력한 뭔가가 있어야 할 듯했다. 고개를 푹 숙인 채 터덜터덜 걷고 있는데 마르탱이 내 팔을 덥석 잡았다.

"저기 좀 봐!"

마침 그때 수업 시작을 알리는 종소리가 울렸는데, 열 명 남짓한 여학생 무리가 커다란 조각상 받침돌 위에 옹기종기 모여 있었다.

"1교시 수업이 자습인가 보지."

"아닐걸."

마르탱은 나를 안심시키려 했다.

가까이 다가가니 누군지 알 것 같았다. 교내 학술 동아리를 휘어잡고 있는 아이들이었다. 대학 입학시험에 대비하기 위해 한 달에 한 번씩 시사 문제를 주제로 토론회를 열기도 했는데, 마르탱 덕분에 직접 참석한 적도 있었다. 토론회에 대한 기사를 써도 될지 알아보기 위해서였다. 기사를 쓸 만큼은 아니었지만, 우리 학교 학생들 가운데 몇몇은 의식이 깨어 있다는 사실을 확인하는 시간이 되기는 했다.

"혹시 수업 거부 운동에 동참하려고 모인 거야?"

큰맘 먹고 묻자 아이들이 고개를 끄덕였다. 그중 한 명이 무리를 대표해서 앞으로 나섰다. 나도 아는 애였다. 같은 중학교를 다녔던 마농 카레르. 몇 차례 이야기를 나눈 적은 있지만 같은 반이었던 적은 한 번도 없었다.

몇 년 사이에 마농은 아주 많이 변해 있었다. 내성적이었던 소녀가 호랑이로 변신했다고나 할까. 중학교 3학년 때는 모두가 그 앨 '뚱뚱한 마농'이라고 불렀다. 마농과 어울려 다니던 무리에 똑같은 이름을 가진 아이가 있어서 두 사람을 구분하기 위해서였다. 뭐, 애들 말로는 그랬다. 중학생들의 유치한 핑곗거리였을 테지만.

그런 놀림에 동참하지 않았다고 말하고 싶지만, 사실 나도 '뚱뚱한 마농'이라고 부른 적이 있었다. 물론 마농 앞에서 대놓고 그런 건 아니었다. 나 또한 만만치 않게 통통한 체격이었으니까. 그래서 다른 애들이 '뚱뚱한 라셸'이라고 하지 않고, '뚱뚱한 마농'이라고 하는 게 조금은 안심이 되기도 했다.

어쨌든 다 지나간 일이었다. 여전히 나는 거울에 비친 내 모습이 불만스러운데, 왠지 마농은 더 이상 그렇게 여기지 않는 듯했다. 살을 빼지는 않았지만 자신감으로 빛이 났다. 항상 멋지게 옷을 차려입었고, 세련되게 화장을 했으며, 생각 없이 놀려 대는 애들의 입을 다물게 만들었다. 그런 마농이 여기에 있다는 사실에 마음이 한결 가벼워졌다.

"우린 네 생각에 동의해. 그런 거 정말이지 지긋지긋해. 이제 멈출 때가 됐어."

마농이 대답했다.

난 혼자가 아니었다. 수업 거부 운동에 동참하겠다고 오는 아이들이 늘어날수록 아멜린의 목소리에 귀를 기울이는 사람들이 늘어나는 셈이었다. 기운을 되찾고서 슬쩍 미소를 짓는 찰나에 다른 아이가 한마디 툭 던졌다.

"그런데 솔직히 말하면 네가 나눠 준 종이……, 그거 아무짝에도 쓸모가 없어. 초대장을 받았다고 해서 바로 투쟁에 참가하겠다고 나서지는 않을 테니까. 더 강력하게 두드려야 해. 여자애들을 교실에서 몽땅 끄집어내야 한다고. 오늘 하루 수업을 아예 하지 못하도록 더 흔들어 놔야 해."

"맞아, 여자들이 행동하면 어떻게 되는지 알려 주자고."

또 다른 아이가 맞장구쳤다. 나는 아무 말도 할 수가 없었다. 내 생각과는 전혀 다른 방향으로 이야기가 흘러가고 있었기 때문이다. 어쩌면 이 애들의 말이 맞을지도 몰랐다. 하지만 처벌의 위험이 도사리고 있기에 그 누구든 수업 거부에 쉽사리 동참하기는 어려울 터였다.

마르탱이 불쑥 끼어들었다.

"우리 동아리 방에 메가폰이 몇 개 있어. 두 그룹으로 나누는 게 어때? 복도를 돌아다니면서 우리가 뭘 하고 있는지 설명하면 아이들을 더 많이 모을 수 있을 거야. 그러자면 지금부터 서둘러야 해. 교장 선생님이 막기 전에 말이야."

"우리한테 메가폰이 있었어?"

마르탱은 내 질문에 대답도 하지 않은 채 동아리 방으로 뛰어갔다.

나는 다른 애들과 함께 덩그러니 남겨졌다. 말을 가장 많이 했던 아이가 마르탱을 지켜보다가 내 쪽으로 돌아섰다.

"네 친구 제법 쿨하네. 그렇지만 재가 네 투쟁을 가로채지 않게 조심해."

"뭐? 아니야, 마르탱은 그런…… 얌체 같은 애가 아니야."

엄밀히 말하면 이건 내가 아니라 아멜린의 투쟁이었다. 아니, 아멜린을 대신해 나서겠다는 선택을 한 순간부터 나의 투쟁이 된 건가? 으악! 아무것도 모르겠다. 밤샘 여파로 너무너무 졸렸다.

그 애가 어깨를 으쓱하며 대꾸했다.

"네 말이 맞을 수도 있지만…… 이 투쟁을 빼앗길 수도 있어. 재한테 우리가 싸우는 이유를 얼른 상기시켜 주지 않으면 말이야."

"이건 여자들을 위한 거잖아."

그때 다른 아이가 끼어들었다. 마치 내가 그걸 잊기라도 했다는 듯이.

혼란스러운 생각이 들어서 입을 꾹 다물었다. 마르탱은 이 투쟁을 결코 자기 것으로 만들지 않을 것이다. 아닌가? 녀석은 뭐든 다 알고 싶어 하고, 늘 행동의 중심에 서고 싶어 하는 성향이 있긴 하니까. 나는 길게 하품을 하고는 동상 받침대에 털썩 주저앉았다.

잠시 후 마르탱이 메가폰 세 개를 들고 와 아이들에게 나눠 주었다. 나는 메가폰을 받다가 녀석의 얼굴에 대놓고 하품을 하고 말았다.

"가서 좀 자고 올래?"

마르탱이 물었다.

"아니야, 이걸 놓치고 싶지는 않아."

"괜찮아, 내가 알아서 할게."

마르탱이 나를 안심시키려는 듯이 말했다.

나는 눈살을 찌푸렸다. '우리'가 아니라 '내가'라고 말하다니! 저 아이들의 말이 맞았다. 녀석은 우리의 행동을 주도하려 하고 있었다. 나는 마르탱을 신뢰할 뿐 아니라, 모두의 이익을 위해 움직인다는 걸 잘 알고 있으면서도 마음 한편에선 의심이 조금 싹텄다. 저 아이들의 경고가 효과를 발휘하고 있었다. 남자애가 모든 결정을 내리도록 내버려 두어선 안 될 것 같았다.

나는 메가폰을 꽉 붙잡고 단호하게 말했다.

"난 어디에도 가지 않아. 여기에 있을 거야."

우리는 아주 빨리, 체계적으로 움직여야 했다. 하지만 나는 얼마간 상황에 압도된 나머지, 아이들에게 강한 인상을 주지 못했다. 반면에 마농은 아주 자연스럽게 리더의 자리를 차지했다. 그 애는 나보다 훨씬 더 카리스마가 있는 데다, 여기에 모인 아이들과도 이미 친구 사이였다. 나는 아이들의 이름조차 제대로 외우지 못하고 있는데.

그래서 처음에는 조금 심란했다. 학교 운동장에 학생들을 모아 놓고 아멜린의 상황을 설명하겠다는 계획을 세운 것은 나였으니까. 내 아이디어는 그저 교육적이기만 했다. 독기가 2퍼센트쯤 부족했다. 마농은 아이들이 자발적으로 운동장에 모일 때까지 기다리자는 내 의견을 거부하고, 복도를 돌면서 교실 분위기를 뒤흔들어 놓아야 한다고 고집했다. 다른 아이들이 동의하자 내 손에 있던 메가폰을 빼앗다시피

해서 가져갔다. 그러고는 나와 마르탱을 향해 물었다.

"너희는 여기에 있을래?"

제안을 가장한 명령처럼 들렸다. 나도 모르게 고개를 끄덕였다.

아이들이 곧 자리를 떠나자 마르탱이 불만을 터뜨렸다.

"방금 뭐야? 재가 네 자리를 훔쳐 갔잖아! 근데 넌 그걸 멀거니 보고만 있고!"

난 최대한 객관적으로 생각해 보려고 애썼다.

"아냐, 재가 나보다 모임을 주도한 경험이 많아서 그런 거야."

"라셸! 쟤들이 지금 자기들 생각만 내세우면서 네 아이디어를 가로채고 있는 거 안 보여?"

대체 뭐라고 대답해야 할까? 저 아이들은 마르탱이 주도권을 차지하려 한다며 경고했고, 마르탱은 저 아이들이 이 일의 목적을 왜곡한다고 주장했다. 나는 중간에 낀 채 누구의 말을 믿어야 할지 몰라 혼란스러웠다.

아무래도 너무 충동적으로 행동한 듯했다. 이런 운동을 어떻게 이끌어야 하는지 전혀 몰랐다. 어쩌면 주동자의 기질 따위는 애초에 없었는지도 모르겠다. 일단 저 아이들을 옹호하는 대답을 해 보려고 노력했다.

"저 애들이 움직이는 이유가 여성의 권리를 찾는 거라면 문제없는 거 아니야?"

"기본적으로는 아멜린을 위해서 하는 거잖아."

마르탱이 뾰로통하게 대답했다.

그랬나? 우리가 아멜린만을 위해서 수업 거부 운동을 하려는 건가? 뭔가 더 큰 걸 위해서 싸우면 안 되는 건가?

"네가 주도권을 다시 잡아야 해."

마르탱이 단호하게 말했다.

온전히 납득이 되지는 않았지만 일단 고개를 끄덕였다. 어쩌면 나는 주도권을 잡고 싶지 않은 건지도 모른다. 그저 공익 제보자가 되고 싶었을 뿐이었는지도……. 스스로에 대한 확신이 없었다. 이 일을 벌인 게 혹시 실수는 아닌지 걱정이 되기도 했다.

잠시 후 가방을 멘 여학생들의 물결이 밀려들었다. 운동장은 금방 쉬는 시간에 버금갈 만큼 왁자지껄해졌다. 왁자하게 떠들며 웃는 아이들도 있었고, 무슨 일인지 몰라 어리둥절해하는 아이들도 있었다. 나는 깜짝 놀라서 마르탱을 빤히 바라보았다. 그 애도 얼떨떨한지 한 마디도 하지 않았다.

그때 메가폰을 통해 마농의 목소리가 울려 퍼졌다.

"모두 동상 앞으로 모여! 아직 교실에 있는 친구들에게 문자를 보내서 수업 거부 운동에 참여하라고 해!"

정말 비현실적인 광경이었다. 몇 분 후, 운동장의 소란을 들은 게 분명한 학생들이 건물 밖으로 쏟아져 나왔다. 재학 중인 여학생이 다 모이진 않았겠지만 그런대로 상당수가 모인 듯했다. 나는 동상 받침대에 올라가 학생들을 바라보았다.

조금 뒤 마농이 흥분하고 들뜬 학생들 사이로 길을 터서 받침대 위로 올라왔다. 그러고는 별다른 설명 없이, 권투 경기에서 심판이 이긴 선수의 팔을 들어 올리듯이 내 팔을 번쩍 치켜들었다.

"이것 봐! 라셸, 네 수업 거부 운동의 결과를 보라고!"

마농의 외침이 군중을 들썩이게 했지만 나는 여전히 어디에 있어야 할지 몰라 안절부절못했다. 운동장에는 수백 명의 여학생들이 모여 있었다. 놀랍게도 남학생들도 몇몇 눈에 띄었다. 뒤쪽에는 선생님들과 행정실 직원들이 서 있었고, 교장 선생님도 팔짱을 낀 채 이 광경을 지켜보고 있었다.

"대체 어떻게 한 거야?"

어안이 벙벙한 상태로 마농에게 슬쩍 물었다.

"소란을 피웠지. 진실 찾기, 그리고 여성 연대를 강조하면서."

눈으로 보고도 믿을 수가 없었다. 동영상을 찍어서 아멜린에게 보내야겠다는 생각이 가장 먼저 머리를 스쳤다. 이제 시작일 뿐이라고 알려 줘야지. 아멜린은 진실을 쟁취하게 될 테니까.

분위기는 대체로 얌전했다. 예상과 달리, 선생님들은 우리를 그냥 내버려 두었다. 나도, 마농도 교무실로 불려 가지 않았다. 우리의 행동을 그다지 심각하게 받아들이지 않는 듯했다. 학생들은 자기가 왜 여기 모여 있는지 알지 못했고, 오전에 자유 시간을 선물 받은 것쯤으로 여기는 듯했다. 뭔가 마뜩지 않았다. 나는 마르탱의 손에서 메가폰을 가로챈 뒤, 어느새 우리의 연단이 된 동상 받침대 중앙으로 나갔다.

"주목해 줘!"

학생들이 일제히 나를 바라보았다. 얼굴이 화끈거렸다. 그래도 물러서고 싶지 않았다.

"수업을 하지 않아서 좋다는 거 알아. 하지만 이 자리에 왜 모였는지는 알아야 해. 월요일 저녁에 열린 선도 위원회에서 2학년 아멜린 브리양이 전학 처분을 받았어. 성추행에 맞서기 위해 방어를 했기 때문이지. 이 문제는 절대로 그냥 넘어갈 수 없어! 아멜린을 괴롭힌 남학생은 자유롭게 학교를 활보하는데, 아멜린만 징계를 받는 건 너무나 부당하니까!"

맥박이 빨라지면서 심장이 요동쳤다. 그러나 아이들은 아무 반응이 없었다. 그때 어떤 남자애가 외쳤다.

"아멜린 걔는 어차피 걸레잖아!"

"SNS에 속옷만 입고 찍은 사진들을 올린다고."

"그러고는 자기가 페미니스트라고 떠들어 대지."

"너희는 히스테리 환자야!"

여기저기에서 남학생들의 목소리가 터져 나왔다. 나는 충격을 받은 나머지, 입이 얼어붙어서 잠시 동안 아무 말도 하지 못했다. 그들의 말에 항의하는 여학생들의 목소리가 이어졌지만, 초대받지 않은 손님의 비웃음을 가리기에는 역부족이었다. 그때 마농이 내 손에서 메가폰을 가져가며 속삭였다.

"쟤는 내가 처리할게."

마농이 메가폰에 대고 소리쳤다.

"저 머저리들이 하는 말을 듣고 웃는 게 정상이라고 생각해? 우리는 바로 저런 태도를 규탄하려는 거야. 평상시 같으면 저런 머저리한테는 말도 안 걸 거야. 이건 여자들을 위한, 여자들에 의한, 여자들의 운동이야! 저런 식의 여성 혐오적인 발언들이 용납되는 한, 우리는 수업에 결코 들어가지 않을 거라고. 너희도 나와 함께할 거지?"

여기저기서 "그래!" 하고 동조하는 소리가 터져 나왔다. 하지만 그 소리에 큰 의미는 없어 보였다. 조금 전까지 아멜린을 모욕했던 애들조차 큰 소리로 뻔뻔하게 대답을 하고 있었으니까. 그저 울고만 싶었다. 너무 피곤했다. 계획대로 되는 일이 하나도 없는 듯싶었다.

바로 그때 정오를 알리는 종이 울렸다. 수요일에는 오전 수업만 있었다. 예상했던 대로 대부분의 학생들은 가방을 챙겨 교문으로 향했다. 나는 마농과 함께 동상 받침대에 우두커니 서 있었다. 종이 울린 지 십오 분쯤 지나자, 우리 주위에는 스무 명 남짓한 여학생들만 남아 있었다.

마르탱이 말했다.

"나도 이제 가 봐야 해. 엄마가 점심을 같이 먹자고 하셨거든. 괜찮지, 라셸?"

녀석은 겸연쩍은 미소를 지어 보이고는 가방을 챙겨 학교를 나섰다. 마음속에서 서글픔이 차올랐다. 학생들은 그저 오전 수업을 빠져서 좋아했던 것일 뿐, 수업 거부 운동의 이유나 의미를 이해한 것 같지는 않았다.

마농이 등을 토닥였다.

"이 정도면 괜찮은 시작이야. 내일 또 계속하면 돼."

"희망이 안 보이는데?"

"아니, 계속될 거야."

마농이 싱긋 웃었다. 나는 숨을 깊이 들이마셨다. 마농의 말을 믿고 싶으면서도, 어쩌면 그렇듯 확신에 차 있는 건지 이해할 수가 없었다. 상황을 객관적으로 바라보려고 애썼다. 우리를 따르는 학생들이 몇 명이나 되는지 지금은 헤아리지 않기로 했다.

우리는 행정실 직원들이 와서 자리를 떠나 달라고 할 때까지 한 시간 정도 더 머무르다 가방을 챙겨 일어섰다. 교문이 닫히는 순간, 저항의 꿈도 깨져 버렸다. 교장 선생님이 잔뜩 굳은 표정으로 교문을 걸어 잠갔다. 교장 선생님이 왜 가만히 있었는지 이해가 되지 않았다. 생활지도 부장 선생님은 왜 나서지 않은 걸까?

집에 도착하자 엄마가 수업을 잘 들었는지 물었다. 그동안의 일을 설명할 준비가 되어 있지 않아서 거짓말을 했다. 어차피 엄마도 곧 알게 되겠지만. 지금 당장은 아무 말도 하고 싶지 않았다. 방에 들어가자마자 침대에 털썩 드러누웠다. 천장을 물끄러미 보면서 내가 하는 일의 의미를 찾아보려고 했다.

그때 머리맡에 둔 휴대폰에서 진동음이 울렸다.

고마워.

아멜린의 문자 메시지였다. 순간 어깨 위에 있던 짐을 하나 내려놓은 듯한 기분이 들었다. 결과를 떠나서 동기만큼은 옳았다는 걸 왜 잊고 있었을까?

열정과 체념 사이

다음 날, 학교에 등교할지 말지 오랫동안 고민했다. 수업 거부는 처음이라서 집에 있어도 되는 건지, 아니면 학교에 가야 하는 건지 알 수가 없었다. 다행히 마농이 결정을 지어 주었다. 아침 식사로 먹을 만한 것을 준비해 오라는 문자 메시지를 보내온 것이다. 그러면서 자기 반 친구들 가운데 4분의 3을 설득해, 오전 수업에 빠지기로 약속했다고 덧붙였다.

그 덕분에 기운을 차리고 등교 준비를 했다. 엄마와 새아빠가 집에 있어서 먹을거리를 챙기기가 쉽지 않았다. 마르탱과 점심을 사 먹을 거라며 10유로를 탔다. 등굣길에 빵집에 들러 크루아상과 팽 오 쇼콜라를 샀다.

학교가 가까워질수록 속이 뒤틀렸다. 두려움 때문이었다. 만약에 우리의 행동이 아무에게도 동기 부여가 되지 않는다면? 혹시라도 아멜린을 더 곤란하게 만드는 거라면 어쩌지? 아니, 솔직히 말하면 내 두려움의 이유는 훨씬 더 이기적이었다. 어제의 행동으로 나에게 문제가 생길지도 모른다는……. 학교는 나를 선도 위원회에 회부할 수도 있을 것이다. 그렇다면 학교 생활 기록부에 기록이 남게 되어 지망하던 대학과는 영원히 안녕하게 되겠지. 어쩌면 지금 나는 스스로 인생을 망치고 있는 건지도 몰랐다.

그래도 이성적으로 생각해 보려고 애썼다. 혹시라도 골치 아픈 일이 생긴다면, 그건 나뿐만 아니라 다른 아이들에게도 해당되는 일이었다. 설마 고등학생들의 수업 거부 운동이 미래에 엄청난 영향을 미치는 건 아니겠지. 어쨌든 지금까지는 정해진 틀에서 벗어나지 않고 규율을 지키며 살아왔으니까. 나는 원래 모범생이었다. 하지만 그때로 돌아가기에는 이미 너무 늦은 듯싶었다.

8시가 조금 못 되어 학교에 도착했다. 그리고 그 누구도 그냥 지나칠 수 없는 광경을 목격했다. 학교 운동장의 동상 발치에 부스가 설치돼 있었다. 가만 보니 신문 동아리 방에 있던 책상이었다. 마르탱이 동아리 방의 집기를 내준 모양이었다.

책상 위에는 따뜻한 차와 커피가 담긴 보온병, 오렌지주스, 우유빵, 잼 등 아침 식사를 하기에 걸맞은 음식들이 놓여 있었다. 몇몇 학생들이 부스에 들러 음식을 먹으며 무슨 일이 생긴 건지 알아보고 있었다. 나도 가까이 다가가 빵 봉지를 건넸다.

"우아, 완전 좋아!"

어떤 여자애가 소리를 질렀다.

놀랍게도 마농이 먼저 다가와 볼 인사를 했다. 엊그제까지 이야기 한번 나눈 적이 없는데도 어느새 우리는 친구가 되어 있었다.

"언제 왔어?"

"교문이 열리자마자. 마르탱이 책상 옮기는 거 도와줬어. 생각보다 괜찮은 애더라."

나는 마농의 대답에 씩 웃으며 마르탱을 슬쩍 쳐다보았다. 녀석은 우유빵을 게걸스럽게 먹으며 어느 여학생과 이야기를 나누고 있었다. 사실 마르탱은 더 잃을 것도 없었다. 이미 잦은 결석과 교칙 위반으로 생활 기록부가 엉망이 되어 있었으니까.

"오늘 일정은 어떻게 돼?"

마농에게 물었다.

"나도 모르겠어. 같이 고민해 보자. 일단은 최대한 많은 여학생들이 수업에 빠지도록 설득해야 해."

"잠깐만, 남학생들은 왜 빼?"

마르탱이 우리 쪽으로 다가오며 끼어들었다.

마농의 표정이 금방 굳었다. 나도 기분이 살짝 나빠져 눈을 질끈 감았다. 마르탱이 그런 생각을 하다니……, 몹시 실망스러웠다. 아무리 그 질문에 악의가 없다고 해도 말이다. 내가 뭐라고 설명을 하기도 전에 마농이 먼저 입을 열었다. 조금 격앙된 목소리였다.

"네가 우리를 돕고 싶다면 그렇게 해도 돼. 하지만 남학생들을 끌어들이진 마. 여기서는 안 돼."

마르탱의 표정이 곧바로 어두워졌다. 나는 최대한 분위기를 풀어 보려 애썼다. 마르탱이 소외되는 듯한 기분을 느끼지 않길 바랐다.

"마르탱, 우리의 목표는 여학생도 이 학교에서 중요한 존재라는 사실을 알리는 거야. 우리가 수업에 들어가지 않으면 교실은 절반이 비겠지. 남학생들마저 수업 거부를 한다면, 순간적으로 우리의 힘이 강해지는 것처럼 보일지는 몰라도 결국엔 이 운동의 의미와 상징성을 잃게 될 거야."

"그래, 무슨 말인지 알겠어."

마르탱은 고개를 끄덕인 후 이렇게 덧붙였다.

"근데 있잖아, 그렇게 거만하게 굴 필요까지는 없지 않아?"

그러고는 자리를 휙 떠나 버렸다. 마농은 진짜 짜증 난다는 듯한 얼굴로 하늘을 올려다보았다.

나는 어느새 마르탱을 두둔하고 있었다.

"남자애들에게도 설명할 필요가 있지 않을까? 서로 원수가 되면 안 되잖아. 마르탱만 하더라도 좋은 의도를 갖고 있는 애인데. 그저 돕고 싶어 하는 거라고. 남학생들을 무조건 배제하는 건 좋은 전략이 아닐 수도 있어."

마농이 어깨를 으쓱했다.

"그럴 에너지가 있다면 그렇게 해. 솔직히 나는 더 이상 에너지가 없거든."

순간 마농이 좀 과하다는 생각이 들었다. 사실 나는 남학생들도 사건의 본질을 알고 나면 이해를 할 거라는 희망을 갖고 있었다. 그들에게 우리가 수업을 거부하는 이유를 설명하고, 이 운동으로 얻으려는 게 뭔지 명확하게 말해 주면 되지 않을까?

잠시 후 수업 시작종이 울렸다. 예상대로 운동장은 금세 텅 비었다. 마농과 같은 반인 여학생들과 다른 학년 여학생들 몇몇만 동상 근처에 남아 있었다. 사기가 한풀 꺾이긴 했지만 마음을 가다듬으며 찬찬히 숫자를 세어 보았다. 스물여덟 명이었다. 나쁘지 않았다.

책상 위의 먹다 남은 음식을 정리하고 있을 때, 중앙 현관에서 학생들이 우르르 몰려나왔다. 한 반이 통째로 나온 듯했다. 학생들은 이내 운동장 여기저기로 흩어졌는데, 세 명의 여학생이 우리 쪽으로 다가왔다.

"우리도 동참해도 돼?"

"당연하지. 그런데 수업 시간에 무슨 일이라도 있었어?"

"역사 선생님이 너희가 하는 수업 거부 운동에 관해 이야기해 주셨어. 그러고는 수업을 하지 않겠다고 하시는 거야. 우리에게 자유 시간을 주면서 여학생들한테는 수업 거부 운동에 동참하는 게 어떻겠느냐고 제안하셨지."

나도 모르게 얼굴 가득 미소가 번졌다. 역사 선생님이 우리의 운동에 동조하시다니! 대박이었다. 이보다 더 나은 상황이 또 있을까? 이 새로운 소식에 반응할 새도 없이 다른 반 아이들도 운동장으로 우르르 쏟아져 나왔다. 그 반에서는 수학 선생님이 수업을 하지 않기로 했다는 것이다.

그때 한 여학생이 우리 쪽으로 다가와 새로운 소식을 전해 주었다.

“오늘 선생님 다섯 분이 수업 거부 운동에 동참하기로 하셨대. 그분들이 다른 선생님들도 설득하실 건가 봐.”

뒤이어 세 반의 여학생들이 운동장으로 쏟아져 나오는 것을 보고는, 기쁨을 참을 수가 없어서 앞에 있는 아이들과 하이 파이브를 했다. 감정은 롤러코스터를 타는 듯이 휙휙 바뀌었지만, 내 인생을 통틀어 이토록 행복했던 적도, 자부심을 느꼈던 적도 없었던 것만 같았다. 국어 시험에서 좋은 점수를 얻었을 때도, 자선 공연에서 난생처음 피아노를 연주했을 때도 이 정도로 가슴이 벅차지는 않았다. 나는 이 운동을 통해 스스로의 한계를 넘어섰다. 나와 직접적으로 관련이 없는 일에서 이만큼 성과를 이루어 냈다는 사실이 무척 자랑스럽게 느껴졌다.

다섯 분의 선생님들도 운동장으로 나와 합류했다. 우리는 박수갈채를 보냈다. 역사 담당인 질베르 선생님이 우리에게는 이렇게 자주적으로 행동하는 청소년들이 진작부터 필요했다며 칭찬을 해 주었다. 더없이 기쁘면서도 야릇한 기분이 들었다. 이런 일을 벌일 필요가 아예 없었더라면 백배는 더 좋았을 테니까.

질베르 선생님은 이런 이야기도 해 주었다.

“여러분은 1975년 10월 24일에 아이슬란드에서 여성들이 파업한 일을 알고 있나요? 여성들이 그날 하루 동안 직장에 나가지 않았는데, 집에서 아무 일도 하지 않았어요. 모든 것을 남성들에게 맡겨 버렸죠. 그 결과 신문이 발행되지 못했고, 엄청난 수의 기업들이 제대로 운영되지 못했으며, 어린이집과 학교가 문을 닫아야 했답니다. 그 때문에 남성들이 아이들을 데리고 일터로 나가야 했죠. 그중에서도 가장 심각했던 일은 식료품점에서 소시지가 동이 난 거였어요. 소시지는 어린이들이 가장 좋아하는 데다 아빠들이 손쉽게 요리할 수 있는 음식이었거든요. 그 덕분에 페미니즘에 대한 인식을 일깨우게 되었고, 오 년 후에는 여성 대통령이 선출되기까지 했어요. 나는 여러분의 행동이 의미있는 변화를 만들어 낼 수 있으리라고 기대해요."

선생님의 이야기를 듣고 우리 모두 활짝 웃었다. 마음이 한결 편안해졌다. 오늘 아침까지만 해도 견디기 힘든 하루가 될 거라고, 선생님들의 지적과 학생들의 조롱이 가득한 날이 될 거라고 예상했다. 그런데 지금은 모든 게 너무나 호의적인 분위기로 흘러가고 있었다.

쉬는 시간에는 더 많은 학생들과 선생님들이 합류했다. 동상을 둘러싼 사람들의 원이 상당히 커져 있었다. 물론 몇몇 남학생들이 기웃거리는 것을 막을 수는 없었다. 그들에게도 수업 거부 운동에 참여하라고 독려한 선생님들이 있었기 때문에 더욱더 그랬다. 그 남학생들에게 응원하는 마음은 고맙게 받겠지만 이 운동에 동참할 수는 없다는 걸 찬찬히 설명했다.

사실 학교가 마비되지는 않았다. 선생님들의 수업 거부 동참으로 운동장에 나왔던 학생들은 다음 수업 시간이 되자 교실로 도로 돌아갔다. 불안한 마음을 드러내지 않으려 애썼지만 조금씩 걱정이 되긴 했다.

나는 선생님이 사다 준 샌드위치를 베어 물면서 주위 사람들에게 새로운 에너지를 불어넣을 방법을 고민했다. 내 기분은 희망과 실망, 열정과 체념 사이를 마구 널뛰었다.

마르탱이 감자칩 한 봉지를 들고 와서 내 옆에 털썩 앉았다. 녀석은 채식주의자라 음식을 많이 가렸다.

"아까 굉장했어, 그치?"

마르탱이 숨을 크게 내쉬었다.

"솔직히 별로 한 건 없지. 그냥 여기에 앉아서 우리랑 같이 있자고 한 것밖에."

"그래도 누군가를 설득한다는 건 힘든 일이잖아."

나는 한숨을 푹 내쉬었다.

"그것조차 제대로 하지 못했는걸."

마르탱이 코를 찡긋하고는 내 어깨를 토닥였다.

"라셸, 이러기야? 너, 엄청 비관적이다! 아까 무슨 일이 있었는지 잘 생각해 봐. 교과 선생님 일곱 분, 생활 지도 선생님 한 분, 그리고 지금도 여기에 학생들이 자그마치 스무 명이나 모여 있어. 교실로 돌아간 아이들도 많지만, 우리를 찾아와서 무슨 일인지 알아보려고 했다는 게 중요하잖아. 모두가 처음부터 투사의 영혼을 갖고 있진 않아. 그러니까 먼저 마음에 씨앗을 심어야 한다고."

"그래, 네 말이 맞아. 이것보다는 더 나은 걸 기대했나 봐."

내가 힘없이 중얼거리자 마르탱이 윙크를 했다.

"괜찮아. 곧 그렇게 될 거야. 성공할 수 있어!"

학생들이 우리 이야기에 귀 기울이게 만들 결정타가 필요했다. 그러자면 학교와 행정실을 최대한 성가시게 만들어야 했다. 그래야 아멜린이 다시 학교로 돌아오고, 성추행을 한 남학생들이 처벌을 받을 터였다.

그런데 나를 끈질기게 괴롭히는 게 하나 있었다. 마르탱에게 넌지시 말해 보았다.

"마농이랑 다른 여자애들은 네가 우리랑 같이 있는 걸 싫어해."

"그런 것 같았어. 왜 그러는지 모르겠지만. 좀 짜증 나긴 해. 그렇다면 남자들은 페미니스트가 될 수 없다는 소리야?"

"난 될 수 있다고 생각해. 그런데 저 애들은 그렇게 생각하지 않는 것 같아. 내가 네 입장에서 얘기해 봤지만 꿈쩍도 안 해. 그래도 계속 해 보긴 할 거야."

"음, 주도권을 놓치지 않도록 조심해."

마르탱이 장난스럽게 말했다. 내가 마농에게 밀릴까 봐 자꾸 걱정되는 모양이었다.

"내 생각에는 대표가 없는 게 나을 것 같아. 긴장감만 높아지잖아. 이 운동은 수평적이어야 해. 피라미드가 아니라 네트워크처럼."

"아니, 그렇게는 안 될 거야."

마르탱이 확고하게 딱 잘라 말했다.

"난 가능하다고 생각해."

나도 물러서지 않았다. 우리의 대화는 거기에서 멈췄다. 잠깐 자리를 비웠던 마농이 동상 쪽으로 숨 가쁘게 뛰어오며 소리쳤다.

"너희, 그거 알아? 학생 식당 조리사 아주머니들도 동참하기로 했대! 식사 준비를 안 하기로 했다나 봐. 식당 문 앞에 버티고 서서 아무도 들어가지 못하게 막고 있대. 그래서 선생님들이랑 교직원들이 비상

회의를 소집했다던데…….”

“우아, 굉장한데!”

감탄이 절로 터져 나왔다.

“이게 바로 파업으로 사람들을 골치 아프게 만들 수 있다는 증거야. 특히 저임금으로 일하는 노동자들이 함께할 때 말이지. 여성들이 일하는 걸 멈추면 어떻게 되는지 이제 확실히 알겠지?”

마농이 갑자기 기쁨의 춤을 췄다. 잠시 후 학생들이 동상 주위로 조금씩 조금씩 더 모여들었다. 점심을 먹는 대신 우리를 응원하러 온 몇몇 여학생들에게 샌드위치와 우유빵을 나눠 주었다.

점심시간이 시작된 지 삼십 분 후, 학생 식당 직원들이 식당 문을 열었다. 하지만 준비된 음식은 아무것도 없었다. 교장 선생님을 비롯해 선생님 몇 명이 조리실에 들어가 냉동실에 있는 재료로 간단한 음식을 준비했다. 감자튀김과 소시지가 전부였다.

쓰라린 패배의 뒷맛

식당 파업으로 교장 선생님과 생활 지도 부장 선생님은 큰 충격을 받은 듯했다. 지금까지는 그냥 알아서 수그러들기를 바랐던 것 같다. 하지만 이번 일로 사태의 심각성을 깨달았는지 우리에게 만나자고 제의했다. 아멜린 사건을 다시 공론화하기로 한 것이다.

이제 누가 교장 선생님을 만나러 갈 것인지 정해야 했다. 대표로 네 명을 뽑아야 했는데, 정작 교장 선생님과 대면하려는 아이는 한 명도 없었다. 너나없이 자기주장만 펼치기 바쁠 뿐, 시간이 한참 지나도록 대화에 별 진전이 없었다.

"알았어, 그만! 투표로 정하자!"

그때 마농이 각자의 이야기를 쏟아 내고 있던 스무 명 남짓한 아이들의 목소리를 덮으며 소리쳤다.

“후보가 없는데 투표를 어떻게 해?”

“알았어, 그럼 교장실에 가는 거 자원할 사람?”

정적이 이어졌다. 아무도 손을 들지 않았다. 심지어 나조차도. 교장실에 가서 수업 거부 운동을 주도한 이유를 설명하는 게 맞는 것 같으면서도 가능한 한 피하고 싶었다.

그때 누군가 목소리를 높였다.

“이런 식으로 아무렇게나 정해선 안 되는 거 아니야? 잘 생각해 봐. 누가 가서 이야기하는 게 가장 정당하고 효과적일지. 그런 사람을 뽑아야지.”

“그래, 하지만 가기 싫어하는 애한테 강요할 순 없어!”

마농이 받아쳤다.

토론은 점점 더 격렬해졌다. 어느 순간 나는 뭔가 초월한 듯한 기분을 느꼈다. 마농은 이런 불협화음에 어떻게 대응해야 할지 모르겠다는 듯 나를 흘깃 바라보았다. 나 또한 한없이 무기력했기에 그저 어깨만 으쓱해 보였다.

한 여자애가 동상 받침대로 올라가서 상황을 정리했다.

“젠장, 다들 똑같은 소리만 반복하고 있잖아. 어쨌든 라셸이랑 마농은 가야 한다는 데 동의하지? 두 사람이 수업 거부를 주도했으니까. 그리고 네 명을 다 채워서 갈 필요도 없어. 규칙을 따라야 할 의무는 없다고! 나는 라셸하고 마농만 대표로 가는 걸 제안해. 두 사람이 우리의 의사를 제대로 전달할 거라고 믿으니까.”

대부분의 아이들이 고개를 끄덕이며 이 의견에 찬성했다. 심지어 우리에게 응원의 미소를 보내는 아이들도 있었다. 나는 마농과 눈빛을 주고받았다. 결국 우리 둘이 가서 교장 선생님을 만나는 수밖에 없었다.

운명의 시간을 앞두고 우리의 요구 사항을 종이에 조목조목 적었다. 나는 아멜린과 만났을 때 적었던 메모를 모두 꺼냈다.

그때 마르탱이 내 어깨를 가볍게 툭툭 쳤다.

"왜?"

"나도 같이 가는 게 좋을 것 같아. 중재자로서 말이야. 내가 이 상황에서 너희보다는 거리를 좀 두고 있으니까, 너희의 주장을 명확하게 표현해 줄 수도 있을 테고……. 오해를 피할 수 있도록 말이야."

나는 어이가 없어서 마르탱의 얼굴을 빤히 쳐다보았다. 이 일에 적극적으로 참여하고 싶어 하는 마음은 충분히 알지만……, 우리는 지금 마르탱이 필요하지 않았다.

"그건 안 돼."

"잠깐만, 라셸……."

"마르탱! 방금 네가 무슨 말을 한 줄 알아? 넌 은연중에 나랑 마농이 우리의 요구 사항을 교장 선생님께 제대로 전하지 못할 거라고 말한 거야."

"그런 거 아니야! 단지…… 너희에게 이 문제가 너무 중요하다 보니까 격한 상태가 될 수도 있지 않을까 해서."

"격한 상태가 된다고? 그러니까 네 말은, 우리가 감정에 휩쓸려서 대화도 제대로 못하는 히스테리 환자라는 거지?"

"내 말뜻을 자꾸 왜곡하지 마!"

"네 의도는 그렇지 않았을지 몰라도, 네 말에는 그런 뜻이 배어 있다고. 너는 성차별이 뭐라고 생각해? 여자들을 하찮은 존재로 여기는 남자들이 성차별의 주범 같지? 그게 아니야! 성차별은 사람들의 몸과 마음속에 도사리고 있는 사상이야. 네가 방금 한 말 속에도 성차별이 들어 있어. 여자보다 남자가 뭐든 더 잘할 거라고 생각하는 우월주의 말이야. 그래서 너는 우리랑 같이 갈 수 없어."

마르탱은 몹시 당황한 얼굴로 우물쭈물했다. 나는 마르탱의 대답을 기다리지 않고 여자애들 쪽으로 몸을 돌렸다. 마르탱은 곧 운동장 저편으로 걸어갔다. 기분이 상했을지도 모르지만 굳이 신경 쓰고 싶지 않았다.

마농과 함께 교장실로 가는데, 갑자기 배가 살살 아프면서 목구멍에 뭔가 걸린 것만 같았다. 혹시라도 교장 선생님에게 우리의 의견을 제대로 전달하지 못할까 봐 자꾸만 조바심이 났다. 나는 긴장을 풀기 위해 심호흡을 했다.

마농이 내 어깨를 토닥였다.

"걱정하지 마. 괜찮을 거야. 우리가 유리한 입장이니까. 교장 선생님은 수업 거부 운동이 계속되는 걸 원치 않으실 거야."

고개를 끄덕이긴 했지만 마농만큼 자신이 있지는 않았다.

우리는 교장실 앞 복도에 있는 푹신한 소파에 앉아 조금 기다렸다. 윗옷 주머니에 손을 찔러 넣어 메모지가 잘 있는지 확인했다. 곧이어 문이 열리더니 교장 선생님이 밖으로 나왔다.

교장 선생님은 어깨가 떡 벌어진 거구인데, 늘 슈트를 깔끔하게 차려입었다. 오늘은 튀김기에서 튄 기름 자국 때문에 옷이 다소 지저분했지만. 언제나 자기 관리를 철저하게 하는 편이었다. 머리카락은 짧게 잘랐고, 수염도 바짝 깎았다.

어쨌든 교장 선생님은 환하게 웃으며 우리를 맞이했다. 희망이 조금 보이는 듯했다. 어쩌면 우리의 주장을 순순히 들어줄지도 모른다는 기대가 일었다.

“안으로 들어와서 편히 앉아요. 네 명이 올 줄 알았는데.”

“넷은 너무 많죠.”

마농이 딱 부러지게 대답했다. 이런 협상 경험이 십 년은 너끈히 되는 것처럼, 조금도 당황하지 않은 낯빛으로 당당히 말하는 모습이 새삼 감탄스러웠다. 눈앞의 이 남자가 학교에서 절대 권력을 갖고 있다는 사실을 마치 잊어버리기라도 한 듯한 모습이었다.

교장 선생님이 고개를 끄덕이며 입을 열었다.

“왜 수업 거부를 하는 거죠?”

“진짜 몰라서 물으시는 거예요?”

마농이 짜증스럽다는 투로 되묻자 교장 선생님이 여유로운 미소를 띠며 말했다.

“여러분의 입으로 직접 듣고 싶어서 그래요. 상황을 자세히 살펴보려고요.”

마농이 나를 바라보았다. 이제 내가 나설 차례였다. 마르탱이 했던 말을 떠올리며 차분하게 이야기를 시작했다.

“저희는 아멜린 브리앙에 대한 전학 처분이 부당하다고 생각합니다. 아멜린에게 일어난 일은 그 애의 책임이 아니에요. 아멜린은 어디까지나 피해자입니다."

"그 학생은 폴 뮐러를 폭행해서 눈두덩이에 상처를 냈어요."

교장 선생님은 신경을 곤두세우면서도 냉정함을 잃지 않으려고 애를 썼다.

"그건 일종의 방어 행위였어요. 아멜린은 SNS와 학교에서 오랫동안 괴롭힘을 당해 왔으니까요."

교장 선생님은 한숨을 내쉬었다. 마치 우리의 유치한 행동 때문에 이렇듯 시간을 빼앗기는 게 진저리가 난다는 듯한 표정이었다. 그 모습을 찬찬히 바라보면서 한 가지 사실을 깨달았다. 교장 선생님은 이 일이 어떻게 되든 별로 상관이 없는 듯했다.

"여러분은 아멜린에게 전학 처분을 내릴 때 선도 위원회에서 전후 상황을 전혀 고려하지 않았다고 생각하는군요. 선도 위원회에서는 아멜린에게 그날 무슨 일이 있었는지, 폴을 어쩌다 때리게 되었는지 말해 달라고 여러 차례 부탁했어요. 아멜린은 폴이 한 말 중에서 어떤 부분을 도저히 참을 수가 없었다고 했죠. 이미 SNS에서 비슷한 내용의 수많은 댓글을 보았기 때문이라고 하면서요. 아멜린은 그 댓글들을 우리에게 보여 줬어요. 그중에서 우리 학교 내에서 작성된 것이 있냐고 물었더니 아무 대답을 하지 못했지요. 누군지 이름조차 대지 않았고요.

원칙적으로 교내에서는 휴대폰 사용을 금지하고 있어요. 그러니 안타깝지만 SNS나 인터넷상의 괴롭힘은 우리 학교 소관이 아니에요. 신원이 파악된 몇몇 남학생의 부모님에게 이런 상황을 전달해 두긴 했어요. 만약 아멜린에게 억울한 일이 있다면 그 학생들을 고소하는 수밖에 없겠지요. 그렇다 해도 아멜린의 폭력적인 행동은 용납할 수 없지만요. 폭력 행위를 저지른 게 처음이 아니기도 하고. 어쨌거나 여러분에게 확실하게 말할 수 있어요. 선도 위원회에서는 모든 사실을 고려해 아멜린에게 전학 처분을 내린 거예요."

교장 선생님의 말을 듣자 온몸에서 진이 쭉 빠졌다. 단 한 순간도 교장 선생님의 이야기에 동조할 수 없었다. 편집을 너무 많이 해서 시나리오가 완전히 달라진 영화 속에 들어온 듯한 기분이 들었다. 침착함을 유지해야겠다는 결심은 온데간데없이 사라져 버렸다. 학생이 교내에서 당한 성추행 문제를 자기 소관이 아니라고 말하는 교장 선생님 앞에서 어떻게 가만히 있을 수 있을까?

나는 소리 높여 따져 물었다.

"그럼 성추행은요? 같은 반 남자애가 아멜린의 엉덩이를 만졌어요. 심지어 폴 뮐러는 아멜린의 엉덩이를 대놓고 주물럭거렸다고요! 그것도 이 학교 안에서 말이에요. 이래도 교장 선생님 권한 밖의 일인가요?"

"라셸, 말조심해요. 학생은 지금 편파적인 시각으로 우리 학교 남학생들을 심각하게 비방하고 있어요. 우리는 그런 이야기를 들은 적이 없어요. 만약 아멜린이 선도 위원회가 열렸을 때 그런 얘길 했다면 이 상황을 다른 각도에서 좀 더 살펴봤을 거예요. 그렇지만 아멜린은 인터넷상의 괴롭힘에 대해서만 이야기했고, 그 일에 관한 한 학교에서는 아무런 권한을 갖고 있지 않아요. 이제 어떤 상황인지 알게 됐으니 여러분의 투쟁이 얼마나…… 무모한지 알겠죠? 내일은 꼭 수업에 들어가도록 해요. 그렇게 한다면 아무런 처벌도 하지 않을 거예요. 여러분에게 주는 유일한 기회입니다."

나는 너무너무 화가 난 나머지, 학교 생활 기록부에 미칠 영향에 대한 두려움 따위는 까맣게 잊은 채 절대로 그렇게 할 수 없다고 맞받아칠 뻔했다. 학생들을 보호해야 할 교장 선생님이 이토록 꽉 막혀 있으리라고는 상상조차 하지 못했다. 정의감이라고는 손톱만큼도 찾아볼 수가 없었다.

그때 마농이 자리에서 일어서면서 아주 침착하게 대답했다.

"네, 생각해 보겠습니다. 교장 선생님."

그러고는 내 손목을 잡아끌어 교장실 밖으로 데리고 나왔다. 처음에는 마농의 반응에 크게 실망했지만, 다시 생각해 보니 그 애라도 침착함을 유지한 것이 그렇듯 고마울 수가 없었다. 한마디로 쓰라린 패배였다. 고개를 들어 세상을 마주할 자신이 없었다. 건물 밖으로 나오고 나서야 분노와 증오를 봇물처럼 마구 쏟아 냈다.

"가해자보다 피해자를 공격하는 게 아무렇지도 않다는 거야? 게다가 지루하기 짝이 없는 연설로 우리를 설득하려 들다니. 말도 안 돼. 악! 짜증 나."

마농은 한동안 아무 말도 하지 않았다. 언뜻 후회하는 빛이 스치는 듯도 했다.

"마농, 잠깐만! 너도 교장 선생님이랑 같은 생각인 거야?"

나는 목이 메어 간신히 물었다.

"아니! 당연히 아니야. 근데……."

"넌 우리가 수업 거부 운동을 멈춰야 한다고 생각하는구나."

마농은 침묵으로 대답을 대신했다. 그럴 수는 없었다. 마농이 나를 놓아 버린다면, 더는 그 누구도 나를 따르지 않을 터였다. 이 운동은 내가 시작했지만, 얼굴이 가장 많이 알려진 건 마농이었다. 마농이 앞에 나서서 호소했고, 그 결과 많은 여학생들이 수업 거부에 동참했다. 그런데 지금 마농이 겁을 집어먹고 있었다. 이로써 교장 선생님이 승리를 거둔 셈이다!

잠시 후, 마농이 입을 열었다.

"너, 나 믿을 수 있어?"

"잘 모르겠어. 너를 알게 된 게 기껏해야 어제부터니까."

나는 어깨를 으쓱하며 대답했다.

"나한테 생각이 있어. 그런데 그걸 실현하려면 일단 이 운동을 멈춰야 해. 생각을 정리해 봐야 해서 당장 말해 줄 수는 없지만, 내 직감으로는 그게 먹힐 것 같아. 내 생각을 따라 줘야 해, 라셸. 부탁이야."

마농의 얼굴을 유심히 살펴보면서 표정과 눈빛에서 진정성을 탐색해 보았다. 일단 믿어 보는 편이 나을 듯했다. 입이 가벼운 스타일은 아닌 것 같으니까.

교장 선생님 앞에서 보인 마농의 행동을 너무 성급하게 판단했던 걸까? 어쩌면 겉으로 보이는 것보다 훨씬 더 계산적인 아이일지도 몰랐다. 어쨌든 나는 마농의 제안을 받아들였다.

우리는 나쁜 소식을 알리러 갔다. 많은 아이들이 실망감을 드러냈다. 투쟁은 끝나지 않았고, 다른 방식으로 계속할 거라고 설득했다. 하지만 그 말을 믿는 아이들은 거의 없었다. 나 같아도 그렇게 반응했을 것이다. 부스를 해체하고 책상을 신문 동아리 방으로 옮겨 놓았다.

패배감이 가슴을 가득 채웠다. 마음속 이야기를 하고 싶어서 마르탱을 찾았지만 그 어디에도 없었다. 문자 메시지에도 답장을 하지 않았다. 가슴에 돌이 얹힌 듯 갑갑한 기분으로 집에 돌아왔다. 아멜린에게는 차마 문자 메시지를 보낼 수도 없었다.

교장실에서 나오는 순간, 내 정신세계는 완전히 무너져 버렸다. 그러면서도 여전히 우리에 대한 믿음이 한쪽에 옹송그리고 있었다. 마농이 수업 거부를 중단하자고 했을 때 충격을 받았던 것도 그 때문이었다. 수업 거부를 하면서 비로소 변화를 이끌어 낼 수 있다는 희망을 품게 되었는데 아무런 성과도 없이 그만두어야 하다니……. 가슴이 찢어질 것처럼 아팠다. 우리는 좋은 선례를 남기지 못했다. 마농은 그걸 책임져야 했다.

방 안에 혼자 틀어박혀 있고 싶었지만 가족들과 함께 저녁 식사를 해야만 했다. 아무 일도 없었다는 듯이 식탁 앞에 앉아 새아빠가 개발한 요리를 먹었다. 그리 나쁘지는 않았지만 맛있다고 할 수도 없는, 약간 애매한 요리였다. 식사 시간은 그렇게 어영부영 지나가는 듯했다. 오빠가 끼어들지만 않았다면.

한창 식사를 하고 있을 때, 오빠가 뜬금없이 이렇게 물었다.

"야, 오늘 너희 학교 장난 아니었다더라."

나는 재빨리 경고의 눈빛을 보냈지만 오빠는 전혀 눈치채지 못했다. 그런데 대학생인 오빠가 어떻게 그 이야기를 들은 거지?

엄마가 그 얘기에 관심을 보이며 궁금해했다.

"무슨 일 있었어?"

"여학생들이 수업을 거부했다나 봐요. 라셀이 잘 알 거예요."

머릿속에서 경고등이 깜빡였다. 사실대로 말해야 하나? 아니면 좀 더 축소해서 말해야 할까? 차라리 내가 일을 벌였다고 다 털어놔? 이미 교장 선생님의 레이더망에 걸린 참인데, 굳이 엄마까지 적으로 만들 필요는 없다는 생각이 들었다.

나는 포크로 음식을 잘게 쪼개며 천천히 입을 열었다.

"최근에 여학생 한 명이 부당한 이유로 선도 위원회에서 전학 처분을 받았어요. 이 결정에 항의하기 위해서 여학생들이 수업에 들어가지 말자고 했는데, 몇몇 선생님들이랑 급식실 조리사 아줌마들이 동참했어요."

"진짜? 그러면 점심은 어떻게 먹었어?"

엄마가 놀라서 물었다.

"교장 선생님이 소시지와 감자튀김을 준비해 주셨어요."

부모님의 표정이 그리 우호적이지 않았다. 새아빠는 천장을 올려다봤고, 엄마는 고개를 가로저으며 한숨을 내쉬었다.

"말도 안 돼!"

엄마는 급기야 화를 냈다.

"그 여학생이 전학 처분을 받은 게 다른 학생들 잘못은 아니잖아? 설마 학교에서 별다른 이유 없이 학생을 전학 보내려 했겠니? 진짜 화가 나는 건 수업을 받고 싶어 하는 애들한테까지 피해를 주었다는 거야."

"맞아, 조금 더 고민을 해 보면 그 여학생의 전학 조치에 저항할 방법이 따로 있었을 텐데 말이야."

새아빠도 엄마 의견에 찬성하며 맞장구를 쳤다.

"대입 시험도 얼마 안 남았는데! 그 여학생들은 무슨 생각으로 그렇게 민폐를 끼친 거라니?"

나는 저녁 식사가 끝날 때까지 그런 비판적인 말들을 고스란히 듣고 있었다. 엄마와 새아빠는 회사에서 꽤 높은 직책을 맡고 있어서 관리해야 할 직원이 많았다. 그래서일까? 수업 거부나 파업 같은 행위를 항상 탐탁지 않게 생각했다. 나는 부모님 말씀에 기분이 언짢아져서 서둘러 거실로 나왔다. 오빠가 다가와 조용히 말을 걸었다.

"다행히 네가 앞장섰다는 말은 안 했네."

나는 깜짝 놀라서 오빠를 쏘아보았다.

"그건 어떻게 알았어?"

"페미니스트 단체에서 활동하는 여자 친구가 한 명 있거든. 소문은 언제나 빨리 퍼지는 법이지. 부모님께는 말씀드리지 않는 게 좋을 거야. 십오 년 후쯤 문제가 다 해결된 다음에 추억 삼아 전해 드리든가. 지금으로선 절대로 이해 못 하실 거니까."

"두 분이 저 정도로…… 구식일 거라고는 생각지도 못했어."

내 말에 오빠가 피식 웃었다.

오빠는 자기 방으로 가 버렸고, 나는 부엌으로 가서 식탁 치우는 걸

도왔다. 새아빠는 뉴스를 보고 있었다. 나는 아무 말 없이 그릇들을 식기세척기에 차곡차곡 넣었다. 조금 전에 있었던 혼란스러웠던 언쟁이 떠올랐다. 엄마에게는 페미니즘에 대한 의식이 조금도 없는지 문득 궁금해졌다.

"엄마는 여자로 사는 게 힘들지 않아요?"

엄마는 나를 쳐다보지 않은 채 계속 식탁을 치웠다.

"음, 전혀. 여자로서 딱히 문제를 겪은 적이 없거든."

"그래요? 그렇지만……."

"그 컵들 이리 줘."

엄마의 대답은 나를 무척 혼란스럽게 만들었다. 그러니까 엄마 말은 지금껏 여자라는 이유로 불평등하거나 성차별적인 문제를 겪은 적이 없기 때문에 다른 여자들도 아무 문제가 없을 거라고 생각한다는 뜻이었다. 얼마나 많은 여자들과 남자들이 엄마처럼 생각할까? 설마 많은 사람들이 성차별주의가 이미 해결된 문제라고 여기는 걸까?

여자 국회의원이 몇 명 뽑혔으니까? 유튜브의 대표가 여자니까? 그걸로 모든 문제가 해결됐다고 여겨서 더는 신경 쓸 필요가 없다고 생각하는 거라면……, 사람들이 아주 크게 착각하고 있는 것이다.

뻔뻔한 녀석

새벽 5시가 조금 못 되어 잠에서 깼다. 제대로 쉬지 못해서 그런지 몸이 으슬으슬했다. 다가올 하루에 대한 걱정과 분노 때문인지 몸이 자꾸 떨렸다. 간밤에 꽤 오랜 시간 동안 우리 학교 학생들의 무례한 댓글을 읽었다.

학교 페이스북에는 온갖 사람들이 다 들어와 아주 못된 밈을 만들어 우리의 수업 거부 운동을 비난하고 모욕했다. 심지어 남성 우월적인 표현을 사용해 어이없는 농담거리로 삼았다. 처음에는 사람들이 아직 이해하지 못해서, 제대로 된 정보를 얻지 못해서 그런 거라고 생각했다. 어떻게든 진실을 알게 되면 우리를 지지할 거라고 믿었다.

그런데 아니었다! 그들은 우리가 수업을 거부하게 된 동기에는 아무 관심이 없었다. 그들의 논리는 아주 간단했다. '누군가의 혐오스러

운 행동으로 평생 트라우마에 시달리는 일을 막기 위해 계집애들이 뭉쳐서 싸운다.'

뭐, 딱히 새로운 일도 아니다. 그런 걸 '여성 연대'라고 부르니까. 그리고 아마추어 사회학자들의 말에 따르면, 그건 남자들을 쓰러뜨리기 위한 어마어마한 음모라나 뭐라나?

이 세상은 여성을 위한 정의의 목소리가 조금이라도 높아지면 남성들의 지분을 빼앗긴다고 생각하는 모양이었다. 그런 덜떨어진 남자들의 댓글보다 더 충격적인 것은 따로 있었다. 온몸에 소름이 끼치게 만들어 밤잠을 못 이루게 한 것은 바로…… 여자애들이 남긴 글이었다. 이런 일에는 유난히 둔감하면서도 온갖 특권을 누리는 데만 혈안이 되어 있는 여자애들, 이런 일은 다른 사람들한테나 벌어진다고 철석같이 믿고 있어서 온 세상이 그저 아름답다고 여기는 여자애들, 친절한 남자 친구를 곁에 두고 있는 여자애들, 그래서 이런 투쟁에 가담하는 게 자기 남친을 배신하는 거라고 믿는 여자애들 말이다.

그런 애들은 '이보다 더 심각한 일도 있다.'는 식으로, 여자들은 항상 별것 아닌 일에 유난을 떤다는 성차별적 편견을 다시 한번 확인시켜 주었다. 또 '어쨌거나 우리가 남자들을 바꿀 수는 없으니, 차라리 남자들의 본성을 거스르지 않도록 노력해야 한다.'고 떠들어 대기도 했다. 대미를 장식한 건 모든 여자가 급진적인 페미니스트는 아니라는 주장이었다. 다행히(?) '아직도 결혼하기에 좋은 여자들이 존재한다.'고 콕 집어 말하는 댓글도 있었다. 그 댓글을 읽고는 노트북을 덮을 수밖에 없었다. 그야말로 헛소리들의 향연이었다.

너무나 화가 났지만 한편으로는 이해가 되기도 했다. 얼마 전까지만 해도 나 또한 그런 사람이었으니까. 우리 엄마는 여전히 그런 사람이고.

그런 상황에 분노하는 건 아무런 도움이 되지 않는다고 생각했다. 미디어에서 비춰지는 분노한 페미니스트의 모습은 오히려 전하고자 하는 메시지의 신뢰를 떨어뜨리는 것 같아서, 그런 이미지에 갇히지 않은 채 신중한 페미니스트가 되고 싶었다.

사실 그 전에는 친척들과의 식사 시간에 어김없이 나오는 성차별적인 대화, SNS에서 벌어지는 쓸모없는 토론, 섹시한 미녀들을 내세우는 자동차 광고, 미심쩍은 이유를 들어 패소한 사건, 다른 나라에 존재하는 부당한 법 들 앞에서 딱히 화를 내지 않았다.

하지만 지금은 바로 그 분노와 격분이 행동을 일으켜 변화를 이끌어 내는 원동력이 된다는 걸 알게 되었다. '뭐, 내가 살고 있는 세상이 그럭저럭 마음에 들긴 하지만 심심풀이 삼아 시스템을 한번 무너뜨려 볼까? 어떻게 되는지 보게.'라고 생각하고서 반란을 일으키는 경우는 없으니까.

내가 분노를 받아들인 뒤 절제된 말들 뒤로 감추는 걸 그만두기까지는 시간이 좀 걸렸다. 그리고 무신경한 사회와 사람들로부터 피해를 입은 여성들이 비명을 내지르는 이유를 이해하는 데도 시간이 좀 걸렸다. 그들은 견디고 견디다 더 이상 물러설 데가 없어서 비명을 냅다 내지른 것이었다. 그러니까 분노가 생긴다는 건, 분명히 거기에 문제가 도사리고 있다는 뜻이다.

나의 분노는 사람들이 아멜린을 대하던 방식과 교장 선생님의 무관심한 대응에서 기인했다. 심지어 남자애들은 잘못을 저질러 놓고도 아무런 처벌을 받지 않고 일상생활을 지속했다. 수업 거부 운동에 동참한 여자애들은 아무것도 이루지 못한 채 학교의 규율에 더는 저항하지 못하고 힘없이 꺾여 버렸다. 어제의 패배가 이 분노를 꺼뜨리게 놓아두어서는 안 된다. 변화를 만들겠다는 우리의 희망이 부서져선 안 되니까.

배 속을 무겁게 짓누르던 돌덩이가 어제보다 더 커진 것 같았다. 수업에 다시 들어가야 한다는 생각이 공포감을 불러일으켰다. 다른 아이들의 눈빛에 과감히 맞설 자신이 없었다. 차라리 아프다는 핑계를 대고 결석을 해 버릴까? 하지만 이내 포기했다. 그렇게 하면 죽을 때까지 죄책감을 느낄 게 뻔했다. 다행히 금요일이어서 하루 정도는 어떻게든 견딜 수 있을 듯했다.

집을 나서면서 마르탱에게 수업 시작 전에 신문 동아리 방에서 만나자고 문자 메시지를 보냈다. 그런데 아무 답이 없었다. 교문을 통과해 학교 안으로 들어가는 순간, 세상에 혼자 남겨진 것처럼 너무나 외롭게 느껴졌다. 곧장 동아리 방으로 가서 마르탱을 기다렸다.

잠시 후 문이 열렸다. 마르탱이었다.

"안녕."

마르탱이 수줍게 웃으며 방 안으로 들어왔다. 왠지 겸연쩍어하는 표정이었다. 앞에 놓인 의자에 앉더니 내 눈을 똑바로 바라보았다. 사과를 하고 싶어 하는 듯했다.

"안녕."

나도 조용히 인사를 건넸다.

"문자 씹어서 미안해. 생각할 시간이 필요했어."

"괜찮아. 네 화가 풀린 거라면, 나는 다 괜찮아."

"화 풀렸어. 미안, 화내지 말았어야 했는데. 네 말이 맞아. 내가 한 말들은 무례했어. 처음부터 너희를 믿었어야 했는데 말이야. 그래도 변명을 하자면 난 페미니즘을 잘 몰라. 앞으로도 많이 헤매겠지. 아직 배울 게 많아. 어제 성차별에 관한 블로그 글을 엄청 읽었는데 그 덕분에 머릿속이 싹 바뀌었어. 성차별이라고 생각하지 않았던 것들이 사실은 성차별이었던 게 꽤 많더라고!"

마르탱이 저녁내 불만을 곱씹는 대신에 스스로를 돌아보는 시간을 가졌다는 사실에 감동해서 나도 모르게 미소가 지어졌다.

"그런데 넌 어때? 화난 거 아니야?"

"아니야, 네가 마음 상한 채로 가 버려서 좀 답답했어. 그리고…… 사실은 현실을 뼈저리게 직시했지. 너 같은 애도 무의식적으로 그런 말을 하는데 다른 남자애들은 어떻겠어? 게다가 교장 선생님은 우리한테 신경도 안 써서. 일단 처벌을 받지 않기 위해서 수업 거부는 그만두기로 했어. 그리고 어제 페이스북에서 엄청나게 공격을 당했지. 이제는 모두가 우리를 싫어하거나, 아니면 미쳤다고 생각해. 너한테 화 안 났어. 그저 어마어마하게 무감각해졌을 뿐이야."

마르탱이 눈을 크게 떴다.

"뭐, 다 그만둔다고? 잠깐만, 라셸! 포기하면 안 돼!"

"내가 뭘 더 어떻게 하겠어? 교장 선생님은 더 이상 할 게 없다고 하셨어. 권한 밖의 일이라고 하시면서."

"그건 다 계산된 말이지. 수업 거부 운동을 그만두게 하려고……."

마르탱이 힘주어 말했다.

"늘 그렇게 시작하잖아. 우리는 이미 할 수 있는 모든 걸 다 했다, 그래서 더 이상 아무것도 할 게 없다, 어쩌고저쩌고. 수업 거부 운동 때문에 곤란해지지 않으려고 하는 말이야. 만약에 너희가 수업 거부를 계속한다면, 교장 선생님은 다른 조치를 취하실걸!"

"마농한테 뭔가 생각이 있다고 했으니까 일단 기다려 봐야지."

"나한테도 연락해 줄 거지?"

"당연하지."

나는 활짝 웃으며 대답했다.

수업 시간이 다 되어서 가방을 챙겨 교실로 갔다. 마르탱은 나에게 동기 부여를 해 주려고 애썼지만 별 소용이 없었다. 나는 비관적인 생각을 그림자처럼 끌고 다녔다. 교실 문 앞에 다다르자 반 친구들의 눈빛이 차갑게 느껴졌다. 뒤에서 수군거리는 소리도 들렸다. 그냥 무시하기로 했다.

역사와 수학 수업은 고통스러울 만큼 길었다. 가장 힘들었던 건 지난 며칠 동안의 일들이 실제로는 일어나지 않은 것처럼 느껴지는 것이었다. 모든 것이 정확하게 화요일 이전, 그러니까 아멜린과 만나기 전처럼 흘러갔다. 애들끼리 전날 있었던 사건에 대해 이야기하고 있다는 걸 너무나 잘 알고 있는데도.

쉬는 시간에 마농이 찾아왔다.

"정오에 학교 앞에서 만나."

그러더니 한 마디를 덧붙이고 가 버렸다.

"마르탱 없이 혼자 와."

나는 고개를 끄덕일 수밖에 없었다. 마르탱이 화장실에 다녀오느라 보지 못했기에 망정이지, 안 그랬으면 질문을 마구 퍼부었을 터였다. 하루 이틀 전이었다면 마르탱을 이런 식으로 소외시키는 걸 미안해했을 것이다. 그런데 이제는 이편이 낫다는 생각이 들었다.

상황은 조금도 나아지지 않았다. 수업 시간이 영영 끝나지 않을 것처럼 끔찍하게 길었다.

마침내 종소리가 울렸다. 나는 마르탱을 따돌리기 위해 재빨리 교실을 뛰쳐나갔다. 녀석에게 구구절절 설명하고 싶지 않았다. 휴대폰 진동음이 울리는 게 느껴졌지만 일부러 모른 체했다.

교문을 나서면서 수많은 학생들과 마주쳤다. 학교 밖으로 점심을 먹으러 나가는 학생들, 학교의 갑갑함에서 잠시나마 벗어나고자 하는 학생들……. 마농이 왜 여기에서 만나자고 했는지 알 것 같았다. 아무도 우리를 신경 쓰지 않았다. 학교 안에서는 알게 모르게 감시망에 놓여 있을 게 뻔하니까. 그야말로 탁월한 선택이었다.

교문 근처에 마농과 여학생 셋이 둥그렇게 모여 있었다. 뭔가 선택받은 이들에게만 허락된 모임에 들어가는 듯한 느낌이었다. 아이들이 싱긋 웃으며 반겨 주었다.

"잘 왔어. 기다리고 있었어."

마농이 말했다.

"안녕? 그런데 어떤 계획인지 물어봐도 돼?"

나는 참지 못하고 질문부터 했다.

"라셸, 네가 먼저 알아야 할 게 있어. 우리끼리 이미 이야기를 해 봤는데 네가 동의하든 안 하든 이 일을 할 거야. 우리가 네 운동을 빼앗는 거라고 생각하지는 마. 사실 우리가 모인 건 꼭 아멜린 일 때문만은 아니거든. 남학생들은 잘못을 저지르고도 벌을 받지 않는데, 매일같이 놀림과 모욕에 시달려야 하는 이 학교 여학생들을 위해서 동참한 거야. 그러니까 네가 우리 의견에 동의하지 않는다 해도 다 이해해. 그렇다고 아멜린 이야기를 하지 않을 거라는 뜻은 아니야. 아무튼 너에게 선택의 기회를 주고 싶어. 선택이라고 하기엔 좀 그렇지만, 동참할 건지 말 건지 정해야 해."

나는 겁이 나서 눈살을 찌푸렸다. 심장이 거세게 요동쳤다. 박동 소리가 관자놀이에서 울리는 듯했다.

"뭘 하려는 건데?"

"점거."

마농이 나지막한 목소리로 대답했다.

"뭐?"

"아무도 학교에 들어오지 못하도록 할 거야. 그렇게 하면 교장 선생님도 우리 이야기를 들으실 수밖에 없겠지. 당장 오늘 밤에 실행할 거고, 주말 내내 학교를 점거할 거야. 그 뒤엔 여자들만 들어올 수 있게 할 거야. 남자는 아무도 못 들어오는 거지."

마농의 이야기를 듣는 순간, 이 아이들이 정말로 화가 났다는 생각이 들었다. 뒤이어 나는 점거 농성에 동참하기가 어렵다는 걸 깨달았다. 불법적인 일에는 가담할 생각이 없으니까. 싸울 준비가 되어 있긴 하지만 법을 위반하면서까지는 아니었다. 어떻게든 부드러운 방식으로 변화를 이끌어 내고 싶었다.

나는 그들의 계획이 탐탁지 않다는 뜻으로 고개를 가로저었다. 마농은 그리 놀라지 않았다. 방금 들은 말을 다시금 생각해 보았다. 이 아이들은 이미 선택을 했고, 내가 함께하든 안 하든 계획대로 할 것이다. 그렇다면 내가 여기서 그만두는 게 과연 맞을까?

그때 남학생 한 무리가 우리 곁을 지나갔다. 그중 한 남자애가 이렇게 말했다.

"아니, 이게 누구야? 시끄럽게 나대던 계집애들이잖아!"

우리는 동시에 고개를 번쩍 들었다. 아멜린을 전학 가게 만든 장본인 폴 뮐러였다. 눈가에는 퍼렇게 멍이 들어 있었고, 다친 눈 옆에 반창고가 어설프게 붙어 있었다. 아멜린이 날린 주먹이 그 애의 빈정거림까지 없애지는 못한 모양이었다.

그때 누군가 득달같이 나서서 대거리를 했다. 클라라 드뤼카였다.

"너, 너무 뻔뻔한 거 아냐?"

클라라가 소리치자 폴이 우리를 향해 몸을 획 돌렸다.

"어째서?"

"우리가 여기에 모이게 된 건 다 너 때문이잖아. 우리는 네가 한 짓이 뭔지 알거든. 아까 아침까지도 그 변태가 어떤 놈인지 궁금했는데! 지금 여기서 찾았네."

"이게 어디서 구라를 쳐?"

폴이 사나운 표정으로 받아쳤다. 그러자 옆에 있던 친구가 폴의 어깨를 잡고서 억지로 끌고 갔다.

"그래, 네 정체가 완전히 까발려지기 전에 썩 꺼져!"

클라라가 소리를 내질렀다. 그러자 남학생들이 클라라를 동시에 바라보았다.

그 애는 자기를 흘깃거리는 남학생 중 한 명을 위협적인 눈으로 쳐다보았다. 그 남학생이 눈을 슬며시 내리깔자 다른 학생들도 급히 시선을 돌렸다. 클라라가 한숨을 푹 내쉬었다.

"저 자식, 뻔뻔한 구석이 있네. 나 같으면 창피해서 집 밖으로 한 발짝도 나오지 못할 텐데 말이지."

그 말을 듣는 순간 온몸에 전기가 찌르르 흘렀다. 클라라 말이 맞았다. 우리 학교에서는 성추행 가해자들을 처벌하지 않는 것도 모자라, 그런 행동을 별것 아닌 것으로 취급하고 있었다. 그래서일까? 폴은 자기에 대한 소문이나 주장에 조금도 신경을 쓰지 않았다. 어쩌면 자기가 나쁜 짓을 하지 않았다고 생각하는지도 몰랐다. 오히려 우리가 더 문제라는 듯이 굴고 있었다.

나는 이런 환경에서 더 이상 공부하고 싶지 않았다. 그래서 마농에게 몸을 살짝 기울이며 이렇게 속삭였다.

"좋아, 오늘 저녁에 만나자."

한밤중에 학교로

"엄마, 집에 남은 음식 좀 있어요?"

나는 찬장에 머리를 박고 있었다. 지금은 밤 9시, 여자애들과 학교 앞에서 만나기로 한 시각까지 세 시간 정도 남았다. 거실에 앉아서 TV를 보던 엄마가 고개를 돌려 어리둥절한 눈빛으로 쳐다보았다.

"어, 당연히 있지. 그런데 뭐 하려고?"

나는 조금도 망설이지 않고 거짓말을 했다.

"학교에서 무료 급식소에 보낼 음식을 기부받는대요."

"그럼 내일 아침에 같이 찾아보자."

"내일 엄마가 나가실 때 나는 자고 있을 건데요?"

"라셸! 엄마가 내일 나가기 전에 찾아 놓을게."

"됐어요, 그냥 뭘 가져가면 되는지만 말해 주세요. 내가 챙길 테니까."

엄마가 한숨을 쉬며 자리에서 일어나 부엌으로 오는 소리가 들렸다. 곧이어 개수대 아래 찬장을 뒤져서 통조림 몇 개를 꺼내 주었다. 그거면 충분했다. 엄마에게 고맙다고 하고선 방으로 돌아온 뒤, 침낭을 넣어 꽉 찬 배낭에 통조림을 쑤셔 넣었다.

마농은 포위 공격에 대비해야 한다고 경고했다. 우리가 얼마나 버틸 수 있을지 알 수가 없었다. 당장 내일 아침에 모든 게 수포로 돌아갈 수도 있고, 아니면 일주일가량을 버텨야 할 수도 있다. 식료품과 옷, 위생용품을 미리 준비해야 했다. 이왕이면 부피를 덜 차지하는 것으로 마련해서 기동성도 확보하는 편이 좋을 듯했다.

집을 빠져나갈 순간을 기다리며 뭘 챙겨야 할지 곰곰이 되짚어 보았다. 그러면서 마음을 찬찬히 다잡았다. 내 안에 있는 이성의 목소리가 경솔한 선택은 아니었는지 진지하게 되묻고 있었다. 그런 감이 있기는 하지만 아까 본 폴의 태도가 심사를 뒤틀리게 만들었다. 자기가 피해자인 듯이 구는 꼴이라니!

이제 되돌리기에는 너무 멀리 왔다. 난 학교 점거에 동참할 것이다.

새로운 소식 없어? 마농이 뭐래?

마르탱이 문자 메시지를 보내왔다. 뭐라고 대답해야 할까? 녀석을 떠올리면 마음이 아팠다. 당분간 그 어떤 남학생도 우리의 계획을 알아서는 안 되었다. 하지만 마르탱은 내 친구였다. 녀석이 얼마나 우리 일에 참여하고 싶어 하는지 너무나 잘 알고 있었다. 단지 남학생이라는 이유만으로 마르탱을 배제하는 게 과연 옳을까? 남학생들도 우리를 도울 수 있는 거 아닌가?

다른 아이들은 우리의 투쟁에 남학생을 합류시키지 않겠다는 의지가 무척 확고했다. 나는 일부러 마르탱에게 답장을 하지 않았다. 더 이상 생각하고 싶지 않아서 휴대폰을 한쪽 구석으로 밀어 두었다.

부모님은 TV 영화를 보고 나서 안방으로 들어갔다. 두 분 다 주무신다는 확신이 들 때까지 사십오 분을 더 기다렸다. 그런 다음에 트레킹화를 신고 바람막이를 걸친 뒤 배낭을 어깨에 둘러멨다. 새아빠가 요란하게 코를 고는 바람에 내 발자국 소리가 고스란히 묻혔다. 방을 슬그머니 빠져나와 화장실에 들러 변기 물을 한 번 내렸다. 그렇게 하면 엄마가 내 움직임을 알아챈다 하더라도 별다른 걱정을 하지는 않을 터였다. 그러고는 복도를 지나 현관문 앞까지 살금살금 간 다음 조심스럽게 문을 열었다.

"너, 어디 가냐?"

갑자기 들려온 소리에 소스라치게 놀랐다. 오빠가 물컵을 손에 든 채 부엌 개수대 앞에 서 있었다. 거짓말로 둘러댈까 잠깐 고민했지만, 솔직하게 말하는 편이 나을 듯했다. 비밀을 만드는 데 지친 데다 오빠가 입이 무겁다는 걸 잘 알고 있기 때문이었다. 물론 어제저녁에는 나를 좀 곤란하게 만들었지만.

"투쟁하러 가."

머뭇거리면서 대답하자 오빠가 어둠 속에서 빙긋 웃었다.

"멋지네. 재밌게 놀다 와."

나도 모르게 얼굴이 찌푸려졌다. 오빠가 여동생을 과잉보호하는 성격이 아닌 줄은 알지만, 아무리 그래도 걱정조차 안 한다고?

"엄마한테 아무 말 안 할 거지?"

"글쎄, 근데 너 그러다 유치장에 가는 건 아니지?"

"그건…… 나도 모르지."

그런 생각은 한 번도 해 보지 않았다. 경찰서에 갈 정도로 문제가 심각해질 거라고는 상상해 보지 않았으니까. 아주 강렬한 두려움이 엄습해 왔다. 오빠는 내가 겨우 억누르고 있는 두려움을 눈치챈 듯했다.

"농담이야. 아니, 어쩌면 농담이 아닐 수도 있지. 불법인 건 불법인 거니까. 그러니까 얼굴 잘 가리고, 물건 같은 거 흘리지 말고. 혹시라도 잡힐 것 같으면 무조건 도망쳐. 도망칠 수 없으면 얌전히 협조하는 게 나아. 혹시나 일이 잘못되면 나한테 전화하고. 알았지?"

나는 잠자코 고개를 끄덕였다.

"내일은 집에 들어올 거야?"

"모르겠어."

오빠가 물을 벌컥벌컥 마시는 통에 극적이었던 분위기가 훅 깨졌다.

"그럼 나중에 봐. 그리고 목도리 하고 가."

나는 옷걸이에 걸려 있던 목도리를 집어 들고 현관문을 나섰다. 심장이 쿵쾅거렸다. 집 밖으로 나오고 나서야 참고 있던 숨을 내쉬었다. 문 너머에서 엄마 목소리가 들렸다. 오빠와 대화하는 소리가 엄마를 깨운 모양이었다.

"현관문 열었어?"

"어, 잠깐 바람 쐬고 왔어요."

오빠가 천연덕스럽게 대답했다.

나는 층계참에서 꼼짝도 하지 못했다. 아무 소리도 들리지 않았다. 엄마가 오빠 말을 믿고 다시 잠을 자러 간 것 같았다. 나는 숨을 깊이 들이마신 뒤, 스스로에게 용기 비슷한 걸 북돋우며 계단을 내려갔다.

거리는 칠흑같이 어두웠다. 고요함을 느낄 새도 없이 새로운 두려움이 덮쳐 왔다. 몸속에서 치솟는 아드레날린 때문에 지금껏 잊고 있었던 두려움이었다. 한밤중에 혼자서 거리를 걸어야 한다는 것! 그걸 떠올리는 순간 몸이 뻣뻣하게 굳어 버렸다. 학교는 집에서 겨우 오 분 거리이고, 큰길만 지나가면 되는데도 말이다. 하지만 금요일 밤이었고 곧 자정이었으며 술집 테라스에는 사람들이 많았다. 마음속으로 가장 안전한 경로를 그려 본 뒤 점퍼의 지퍼를 끝까지 올리고 후드를 머리에 썼다. 그러고는 불안감에 휩싸인 채 종종걸음으로 걷기 시작했다.

학교로 향하는 동안 점거 계획을 걱정할 여유가 조금도 없었다. 작은 소리에도 온 신경이 곤두섰다. 누군가의 목소리, 등 뒤에서 들리는 개 울음소리, 가게 문 여닫는 소리……. 그때 손에 술병을 든 남자들 무리가 불쑥 나타났다. 건너편 인도가 공사 중이라 같은 길로 지나갈 수밖에 없었다. 고개를 숙인 채 벽에 바짝 붙었다. 그들이 내 옆을 스쳐 지나갈 때는 심장이 가슴에서 쑥 뽑혀 나오는 것만 같았다. 한밤중에 낯선 남자들과 맞닥뜨리는 상황은 생각보다 훨씬 더 공포스러웠다.

이건 정상이 아니다. 아니, 이것이야말로 정상이다. 거의 모든 여성들이 일상적으로 겪는 현실이니까. 이 순간에 자유로운 마음을 가질 수 없다는 사실이 나를 기운 빠지게 했다. 마치 내가 무시무시한 공간에 와 있는 듯한 기분이 들었다. 매일같이 지나다니던 길인데도.

어떤 환경이 시간에 따라 아무렇지도 않게 그 모습을 180도로 바꿀 수 있다는 사실이 믿기지 않았다. 아침 8시라면 아무 문제가 없었을 것이다. 거리는 혼잡하고 활기로 가득 차 있었을 테니까. 정오 또한 마찬가지였을 거다. 사람들이 사무실에서 나와 샌드위치를 사러 가겠지. 오후 5시는 수업이 끝나고 집으로 가는 시각이다. 하지만 자정에는 길이 텅텅 비어 있고, 혹시나 무슨 일이 생겨도 목격자가 없을 것이다. 여성을 고단하게 만드는 것은 생리를 하기 때문이 아니다. 남성들은 상상도 하지 못하는 상황들을 항상 신경 써야 하기 때문이다.

다행스럽게도 무사히 학교에 도착했다. 오늘 별일이 없었다고 다음번에도 불안해하지 않을 수 있을까? 불가능한 일이다. 몇몇 여자애들이 먼저 도착해서 교문 앞에 모여 있었다. 대부분 검정색 옷을 입고 선글라스를 끼었다. 그래서인지 작전 수행 중인 스파이들 같았다. 마농이 나를 보고 미소를 지었다. 그것만으로도 마음이 조금 놓였다. 적어도 나 혼자는 아니었으니까.

그들에게 다가가 작은 목소리로 인사를 했다.

"안녕."

모두 조용히 모여 있었다. 그들도 나만큼이나 긴장하고 있다는 게 고스란히 느껴졌다. 클라라도 있었고, 마농의 친구인 이네스와 카일라도 와 있었다. 두 친구의 이름은 어제서야 알았다. 1학년 여학생도 두 명 와 있었는데, 그중 한 아이는 카일라의 여동생인 것 같았다. 저 아이들은 우리가 무슨 일을 하려는 건지 알고서 따라온 걸까?

내가 먼저 침묵을 깨고 마농에게 물었다.

"더 올 사람 있어?"

마농이 어깨를 으쓱했다. 모두 합쳐 일곱 명이었다. 많은 숫자는 아니었지만 이만큼도 의미는 있었다.

"더 없는 것 같아."

12시 29분이었다. 시곗바늘이 1분 더 나아가자 갑자기 가로등이 동시에 꺼졌다. 달빛만이 우리를 비추고 있었다. 보름달이었다. 아이들의 눈을 바라보았다. 나는 심호흡을 한 뒤 천천히 입을 열었다.

"시작해야 할 것 같은데."

모두 고개를 끄덕였다. 마농은 이 일에 동참하는 게 맞는지 확인하는 듯이 나를 오래도록 쳐다봤다. 내가 웃는 걸 그 애가 봤는지는 모르겠다. 심장 박동이 거세졌지만, 지금처럼 스스로에게 확신을 가진 적은 없었다. 아멜린을 위해, 우리 학교의 여학생들을 위해, 아니 이 세상의 모든 여성들을 위해 그 어느 때보다도 변화를 이끌어 내고 싶은 마음이 간절했다.

잠깐의 침묵 뒤, 마농이 지시를 내리기 시작했다. 계획은 간단했다. 세 그룹으로 나뉘어 학교 주변의 대형 쓰레기통을 가져온 뒤 학교로 들어오는 출입구 세 곳을 막기로 했다. 나는 마농과 함께 교문 쪽을 맡았다. 마농은 내 목도리가 아래로 내려갈 때마다 얼른 가리라고 주의를 주었다. 주변에 CCTV는 없었지만, 이 새롭고도 반항적인 경험을 통해 아무리 신중해도 모자라지 않다는 걸 배웠다.

초반에는 긴장한 탓인지 무척 많이 떨었다. 다리가 후들거려서 집중하기가 힘들었다. 어느 쪽으로 가야 할지 정하기 위해 휴대폰 플래시를 켜고서 우왕좌왕하다가 곤히 잠들었을 동네 사람들을 다 깨울 뻔했다.

"사람들은 그냥 청소부인 줄 알 거야."

마농의 말은 그다지 위안이 되지 않았다. 그래도 마음속에서 의심이 고개를 들었기 때문에 뒷걸음질치지 않도록 그런 생각을 지우려 애썼다. 우리는 쓰레기통을 차례로 교문 앞으로 가져다 두었다. 클라라와 1학년 두 명이 나타나서 주차장에서 발견한 철제 바리케이드로 방벽을 더 견고하게 만드는 게 어떻겠느냐고 물었다. 좋은 생각인 것 같아서 클라라를 뒤따라갔다.

방벽이 어느 정도 형태를 갖추기 시작하자 내 정신 상태도 차츰 단단하게 바뀌어 갔다. 사소한 소리에 더 이상 소스라치게 놀라지 않았다. 오히려 이 시간을 즐기기까지 했다. 소리 없이 웃다가, 숨을 들이마시다가, 이 모든 게 꿈은 아닌지 확인하느라 잠깐씩 멈춰 서곤 했다.

나는 실제로 행동하고 있었다. 이제는 다른 사람들이 나서길 기다리면서 불의에 분노하고만 있지 않았다. 이번에는 내가, 내 몸이, 내 인격이 투쟁에 제대로 가담한 셈이었다.

그때 차 한 대가 거리를 지나갔다. 우리는 기겁해서 허둥거리며 얼른 몸을 숨겼다. 누군가 우리를 경찰에 신고했을까 봐 겁이 났다. 전조등이 방벽을 비추긴 했지만 차는 그대로 멀어져 갔다.

"운전자가 우릴 봤을까?"

"응."

"큰일 난 거 아니야?"

"아니."

내 질문에 클라라가 자신 있게 대답했다.

나는 한숨 돌린 뒤 웅크리고 있던 구석에서 제일 먼저 나왔다. 우리는 쓰레기통을 둘러싸고 있던 방벽에 바리케이드를 더 세우고 교문을 막았다. 잠시 후 마농의 친구들이 돌아왔다. 자기들이 맡은 입구를 막고 나서 학교 안으로 담장을 타고 들어갈 만한 장소를 막 발견한 참이라고 했다.

"우아, 아주 근사한데!"

우리가 세운 방벽을 보고 이네스가 나지막이 말했다.

클라라가 휴대폰 플래시 불빛으로 이제는 잘 보이지도 않는 교문을 비추더니 돌아서서 나에게 손을 내밀었다. 나도 손을 들어 클라라와 하이 파이브를 했다. 강렬한 환희가 내 몸을 관통했다. 지금까지 친구라고는 마르탱뿐이었는데, 여자애들 사이에 있으니까 새삼스레 기분이 좋았다. 나는 수업 거부 운동을 계획했던 수요일보다 훨씬 더 강해졌다. 이제는 여성들을 위해 산을 옮길 수도 있고, UN에서 연설을 할 수도 있을 것 같았다. 심지어 그동안은 감히 대항할 수 없었던, 가족 식사 모임에서 성차별적인 말을 늘 거리낌 없이 늘어놓던 삼촌에게도 맞설 수 있을 듯했다.

"이제 슬슬 움직이자. 학교를 점거하려면 안으로 들어가야 해."

우리는 학교 운동장을 둘러싼 담장 쪽으로 걸어갔다. 담장 높이가

150센티미터가 채 되지 않는 비탈길로 접어들었다. 비록 높이가 낮다고는 해도 담장을 넘는 것이 수월하지만은 않았다. 안쪽은 단차 때문에 바닥이 3미터 아래에 있었기 때문이다.

클라라가 먼저 담장 위로 올라가더니 안전하게 착지한 뒤 우리가 넘긴 가방을 하나씩 받았다. 다른 아이들도 차례로 담장을 넘었다. 마지막으로 마농과 내 차례가 되었다. 마농은 자신감이 퍽 떨어져 보였고, 나에게는 자신감이랄 게 아예 없었다. 내 몸이 이렇게 높은 곳에서 잘 뛰어내릴 수 있으리라는 믿음이 부족했다. 다른 애들은 나보다 훨씬 마른 데다 운동도 잘하는 편이었다.

"애들한테 안에서 문을 열어 달라고 하면 어떨까?"

마농에게 조심스럽게 말했다. 나 스스로 뛰어내릴 엄두가 안 나서 한 말이었는데, 마농은 자신이 뛰어내리지 못할까 봐 걱정해서 한 말이라고 생각한 모양이었다.

"괜찮아. 내가 좀 뚱뚱하긴 하지만 하반신 마비는 아니거든."

마농의 무뚝뚝한 대답에 한 대 얻어맞은 듯한 기분이 들었다. 금기라고 생각했던 단어를 자기 입으로 뱉었기 때문이다. 나는 뭐라고 대답해야 할지 몰라서 입을 꾹 다물었다. 마농은 몇 초간 다시 고민하다가 결국 담장 위에서 폴짝 뛰어내렸다. 혹시라도 마농이 내 말에 상처를 받았을까 봐 걱정이 되었다.

나도 서둘러 뛰어내렸다. 땅에 발이 닿았을 때, 강력한 통증이 발목으로 퍼졌다가 금세 사라졌다. 다행히 나는 무사했다. 그보다 더 중요한 건 학교 안으로 들어왔다는 사실이다. 우리가 또 해냈다!

비밀작전

일탈 행위에서 오는 행복감은 그리 오래가지 못했다. 캠프를 설치할 장소를 찾는데 갑자기 운동장의 조명이 모두 켜졌다. 순간 두려움이 휘몰아치면서 온몸에 진땀이 나기 시작했다. 우리는 덫에 걸린 동물들처럼 뻣뻣하게 굳어 버렸다.

"경비 아저씨가 있나?"

"아니, 없을걸. 주말이잖아."

이네스가 묻자 마농이 대답했다.

"아냐, 잘 들어 봐!"

우리는 조용히 귀를 기울였다. 아주 멀리서 사이렌 소리 같은 것이 들렸다. 소리는 금세 가까워지더니 점점 더 커졌다. 소리가 바로 옆에서 나는 것처럼 느껴졌을 때 우리는 동시에 그쪽을 돌아보았다. 구급

차 한 대가 잽싸게 지나갔다. 그걸 보고서야 한시름을 놓았다. 동작 감지 센서가 작동한 듯했다.

“이대로 운동장에 계속 있을 건 아니잖아! 어서 가자.”

클라라가 우리를 이끌었다.

나는 가방의 어깨끈을 단단히 움켜잡고 제일 뒤에서 아이들을 따라갔다. 손가락을 비롯해서 온몸이 경직되어 있었다. 나를 자극하는 감정들을 일일이 헤아릴 수 없을 지경이었다. 공포에 떨다가 불현듯이 명랑했다가 다시 분노했다가……. 지금은 진이 다 빠진 상태였다.

‘그냥 애들을 따라가. 너무 깊게 생각하지 마. 마음에 귀를 기울여.’

우리는 동상을 뒤로한 채 건물 앞까지 걸어갔다. 마농은 학교를 어떻게 점거할 것인지, 또 안으로 어떻게 들어갈 것인지를 설명해 주었다. 하지만 건물 안으로 들어갈 방도는 딱히 없는 듯했다. 우연히 문이 하나라도 열려 있기를 바라는 것 외에는 딱히 계획이랄 게 없었다. 그런데도 아이들은 서로 장난을 쳤다. 어떻게 이런 순간에 웃을 수 있는 거지? 어쩌면 너무 긴장해서 그러는 걸지도 몰랐다.

클라라가 현관문을 열어 보려 했지만 당연하게도 모두 잠겨 있었다.

“유리창을 하나 깨 볼게. 누구 깡통 같은 거 갖고 있는 사람?”

“너, 제정신이야? 학교 시설을 부수기 시작하면 상황이 더 나빠져!”

마농이 클라라에게 짜증을 냈다.

“후, 개판에는 개판으로 대응해야지.”

“안 돼, 아무것도 부수지 마.”

마농이 단호하게 못 박고는 나를 돌아봤다. 힘을 실어 주길 바라는 눈치였다. 나는 뭐라고 말해야 할지 몰라서 그저 어깨를 으쓱했다. 나도 학교 건물을 망가뜨리고 싶지는 않았다. 그렇다고 운동장에 계속 있을 수도 없는 노릇이었다.

10월 중순이지만 날씨가 제법 추웠다. 솔직히 다른 애들하고 싸우고 싶지는 않았다. 마농이 나 때문에 화가 났는지 크게 소리 내어 한숨을 쉬었다. 심장이 바짝 조여 왔다. 방금 전에 담장 위에서 있었던 일 때문에 마농의 신뢰와 호의를 잃을까 봐 은근슬쩍 걱정이 되었다.

이네스는 가방을 뒤지며 무거운 물건을 찾고 있었다. 아무래도 내가 나서야 할 때인 듯했다.

"신문 동아리 방에 가자."

아이들이 일제히 나를 향해 돌아섰다. 내가 구원의 길로 이끄는 메시아라도 되는 듯이 바라보면서.

"너, 열쇠 있어?"

클라라가 물었다.

"마르탱이 갖고 있어."

"그럼 안 돼."

마농이 딱 잘라 말했다.

마농이 마르탱의 도움을 받는 걸 왜 이렇게까지 꺼리는지 이해할 수가 없었다. 이 운동이 온전히 여자들만의 것이길 바라는 마음은 충분히 알겠지만……. 마르탱이 열쇠를 갖고 있다고 해서 달라지는 건 아무것도 없지 않나?

"왜 안 돼?"

클라라가 묻자 마농이 이맛살을 찌푸렸다.

"남학생은 낄 수 없다고 말했잖아."

"개랑 합류하자는 게 아니잖아. 전화를 해서 열쇠를 받으면 끝나는 문제라고."

"우리한테 질문을 퍼부을 거야!"

마농이 소리치자 클라라도 목소리를 높였다.

"그게 어때서? 어차피 내일 아침이면 우리가 학교를 무단으로 점거한 사실을 온 도시가 알게 될 텐데. 마르탱한테 열쇠를 받는다고 해서 걔가 모든 공을 차지하는 게 아니잖아. 학교를 점거한 건 우리야. 라셸, 네 친구한테 전화 좀 해 봐."

나는 마농을 물끄러미 바라보았다. 문득 그 애의 말을 항상 우선적으로 듣고 있었다는 걸 깨달았다. 마농은 아무 말 없이 한숨을 내쉬었다. 클라라의 눈빛이 점점 집요해져서 휴대폰을 꺼내 즐겨찾기 목록을 열었다. 목록에는 엄마와 마르탱, 단둘뿐이었다. 두 번째 번호로 전화를 걸었다.

마르탱은 전화를 바로 받지 않았다. 금요일 밤이니 깨어 있을 텐데. 전 세계의 뉴스를 보느라 밤을 새는 게 다반사인 녀석이었다. 휴대폰에 딱 붙어서 사는 걸 뻔히 아는데 오늘따라 전화를 빨리 받지 않았다. 신호음이 열 번 남짓 울린 뒤에야 겨우 목소리가 들렸다.

"라셸, 무슨 일이야? 왜 이렇게 늦게까지 안 자? 원래 10시면 자지 않아?"

모두의 눈이 나를 향하고 있었기에 마음이 편치 않아서 곧장 용건부터 말했다.

"학교 신문 동아리 방 열쇠 좀 갖다줘."

"아, 알겠어."

마르탱은 생각지도 못한 요구에 당황한 기색이 역력했다.

"근데 월요일에 갖다주면 되는 거야? 아니면 십 분 뒤에 학교 앞에서 만나야 되는 거야?"

마르탱은 그렇게 말하고 나서 히죽 웃었다. 아주 재미있는 농담을 했다고 생각하는 것 같았다.

"십 분 뒤에 만나."

"뭐? 나, 지금 잠옷 차림이라고."

마르탱은 바보가 아니었다. 금세 돌아가는 상황을 눈치챘다.

"너, 지금 학교에 있는 거지?"

"그래."

"바로 갈게."

마르탱이 전화를 끊었다. 녀석은 뭐든 이렇듯 조금씩 심각하게 받아들이는 면이 있었다.

"지금 온대."

"잘됐네. 이제 구세주를 기다리기만 하면 되겠다!"

마농이 빈정거렸다. 그러고는 출입구를 더 찾아보겠다면서 자리를 뜨자 그 애 친구들이 곧장 뒤를 따라갔다. 클라라는 고개를 들어 하늘을 바라보았다. 마농과 클라라가 어떻게 알게 된 사이인지는 모르겠다. 두 사람이 같이 있는 걸 본 기억이 없는데……. 둘 사이의 팽팽한 긴장감이 고스란히 느껴졌다. 1학년 학생 두 명과 나는 어떻게 해야 할지 몰라 멍하니 자리를 지키고 있었다.

"마농은 항상 아무것도 아닌 일에 화를 버럭 낸다니까."

클라라가 불평을 늘어놓았다.

"마농을 잘 알아?"

내가 물었다. 클라라는 별다른 설명 없이 고개를 끄덕였다. 그러고는 피곤한지 담장 아래에 털썩 주저앉았다. 나도 그 옆에 가방을 내려놓고 나란히 앉았다. 솔직히 말해서 이렇게라도 쉬니까 좋았다.

아무래도 마농은 우리가 담장을 넘은 직후부터 기분이 상한 듯했다.

"내가 한 말 때문에 마농이 화가 난 것 같아."

나는 클라라에게 슬며시 속마음을 털어놓았다.

"뭐라고 했는데?"

"아까 담장에서 뛰어내리려고 할 때, 너무 무서워서 다른 방법을 찾아봐도 될 것 같다고 했거든. 자기 체중 때문에 그런 이야기를 한 거라고 생각했을지도 몰라."

"아냐, 걱정 마. 그거랑은 아무 상관 없어."

클라라가 대수롭지 않은 듯이 대답했다.

"진짜 그럴까? 의도한 건 아니지만 그런 의미로 들렸을 수도 있잖아. 나중에 마농이 자기를 뚱뚱하다고 말하기도 했고……."

클라라가 내 어깨에 한쪽 손을 얹으며 말을 막았다. 후회할 말을 뱉기 전에 그만하라는 의미였다.

"괜찮아. 맹세컨대 마농은 자기 몸에 매우 만족해. 그리고 '뚱뚱하다'는 그저 단어일 뿐이야. 욕이 아니라고. 내가 나 자신을 흑인이라고 말하는 것도……. 그건 그저 명사나 형용사일 뿐이거든. 마찬가지야. 마농이 그렇게 말한 건 객관적으로 뚱뚱하기 때문일 뿐, 다른 뜻은 전혀 없을 거야."

클라라의 말이 잘 이해되지 않았다. 나는 의기소침해져서 혼잣말을 하듯이 중얼거렸다.

"근데 나는 마농이 항상 그것 때문에 기분이 상해했던 것 같거든."

"그건 네가 뚱뚱하다는 게 기분 상해할 만한 이유라고 생각하고 있기 때문이야."

나는 깜짝 놀라서 두 손을 가로저었다.

"그렇지 않아! 나는 그런 말을 한 적이 없어."

"하지만 그건 그런 뜻이야."

"그럼 이제 난 어떻게 해야 해?"

"그만 괴로워해. 마농이 열받은 건 너 때문이 아니니까."

1학년 애들은 잠자코 우리의 대화를 듣고만 있었다.

"그럼 왜 화가 난 거야?"

나는 손가락으로 휴대폰을 만지작대면서 대놓고 물었다.

"여러 가지로 좀 그래. 마농은 모든 게 잘되길 바라고 있어. 학교 점거 농성의 성공이 온전히 여학생들만의 힘으로 이루어지길 원하지. 특히 네 친구의 도움은 절대 받고 싶지 않은 거고."

나는 고개를 끄덕였다. 마농은 처음부터 내가 마르탱을 제쳐 두기를 바랐다. 다른 아이들의 생각도 마농과 같은지 궁금했다.

“클라라 너는? 아니, 너희는? 너희도 100퍼센트 여학생들만 참여하면 좋겠어?”

“나? 난 상관없어. 남학생들이 무례하게 굴지 않고 나를 대신해서 말하지 않는다면 우리를 도와도 된다고 생각해. 단지 대부분은 그 두 조건을 충족하지 못한다는 게 문제지.”

클라라가 대답했다.

“만약에 우리가 남학생들한테 어떻게 행동하는 게 좋은지 설명해 준다면 어떨 것 같아?”

내 말을 끝으로 적막이 찾아왔다. 클라라가 어깨를 으쓱했다.

“한번 해 봐. 남학생들이 네 이야기를 듣고 싶어 한다면 말이야. 만약 그들이 화내지 않는다면…… 넌 운이 좋은 걸 거야. 그렇지만 쉽지는 않을걸. 너, 폴 뮐러가 어떻게 행동하는지 봤지? 아멜린을 성희롱한 남자애들은 자기들의 행동이 나쁘다고 여기지 않아. 그저 짓궂은 장난을 좀 쳤을 뿐이라고 생각하지.”

“그렇다고 남자애들이 존재하지 않는 것처럼 행동할 수는 없잖아.”

“그건 그래.”

클라라가 맞장구를 치고는 잠시 숨을 고르고서 말을 이었다.

“나한테는 딱히 해결 방법이 없어. 하지만 두고 봐. 우린 벌써 학교를 점거했잖아. 이제 자리 잡을 장소만 찾으면 돼. 그러고 나서 새로운 세상을 만드는 거야.”

클라라가 말을 끝내기가 무섭게 휴대폰의 진동음이 울렸다. 마르탱이 학교 앞에 도착했다고 문자 메시지를 보냈다. 녀석이 바리케이드에 대해 아무 언급도 하지 않는 게 이상하다고 여겼는데, 곧이어 두 번째 메시지가 날아왔다.

대단해. 아주 훌륭한데!

나는 빙그레 웃으며 마르탱에게 만날 장소를 알려 주었다. 그러고는 혼자 약속 장소로 향했다. 그때 운동장의 조명이 다시 환하게 켜졌다. 곧이어 담장 위에 올라서 있는 마르탱의 실루엣이 보였다.

"어떻게 된 거야? 나도 불렀어야지. 내가 이런 비밀 작전은 놓치지 않는 거 잘 알면서!"

마르탱이 탓하듯이 말했다.

"그럴 수가 없었어."

"마농이 안 된다고 한 거구나, 그렇지? 걔가 날 별로 안 좋아하는 거 맞지?"

나는 담장 위를 올려다보고 웃으며 대꾸했다.

"지금 보니 마농의 생각이 옳았던 것 같네. 우리 의견을 진지하게 받아들여 주길 바라는 마음으로 학교를 점거하고, 또 이렇게 너에게 도움을 요청했는데……. 너는 지금 마농이 널 좋아하는지 아닌지만 걱정하고 있잖아!"

"후유, 남자들이란……."

마르탱이 짐짓 비꼬는 듯이 농담을 하며 과장되게 한숨을 내쉬었다.

"암튼 열쇠가 필요한 거지? 선생님들과 싸우다시피 해서 사수한 열쇠야. 그런데 지금 난 그분들의 믿음을 배신하고 있어. 너희가 원하든 원하지 않든, 너희 혁명에 나를 끌어들인 거라고."

나는 마르탱이 던진 열쇠 꾸러미를 두 손으로 받았다. 이제 필요한 걸 모두 얻었다. 신문 동아리 방에 다 들어갈 수 있을지 확신할 수는 없지만, 일단 그곳에 자리 잡고 학교를 뒤엎을 수 있게 된 셈이었다. 내일부터, 아니 당장 몇 시간 후부터 어떤 일이 벌어질지 전혀 예상할 수 없었다.

"내일 아침에 사람들에게 알려 줘? 사람들 눈에 띌수록 너희 영향력이 더 커질 테니까."

마르탱이 물었다. 하지만 아직 아무것도 결정한 것이 없었기에 뭔가 말을 하기는 어려웠다.

"나중에 말해 줄게."

마르탱이 힘이 쭉 빠진 듯한 목소리로 중얼거렸다.

"알았어. 그럼 잘 자."

"너도 잘 자. 그리고 고마워."

거리가 너무 멀어서 녀석의 표정을 볼 수는 없었지만, 내가 잘 아는 마르탱은 분명 윙크를 날렸을 것이다. 녀석이 담장 너머로 사라지는 걸 본 뒤 아이들에게로 돌아갔다. 어느새 마농과 친구들도 돌아와 있었다. 나는 열쇠를 얼굴 앞에서 흔들어 보이며 활짝 웃었다.

"갈까?"

신문 동아리 방 안은 생각보다 추웠다. 책상 위에는 마르탱이 매주 가져왔다가 월요일이 되면 내다 버렸던 잡지들이 널브러져 있었다. 캠프를 차리기까지 삼십 분 정도가 걸렸다. 책상과 의자를 벽 쪽으로 밀고 각자 자리 잡을 공간을 만들었다. 바닥은 금세 침낭으로 뒤덮였다. 옷을 입은 채로 침낭 속에 들어갔을 때는 1시 반이 조금 넘은 시각이었다.

나는 안쪽 구석에 자리 잡았고 마농은 내 오른쪽에 있었다. 매트리스가 없어서 너무나 불편했다. 바닥이 딱딱해서 바람막이를 등 밑에 깔았지만 별 소용이 없었다. 누군가 하품을 하자 뒤이어 열 번 남짓한 하품 소리가 들렸다. 고생스러웠던 하루를 마무리할 시각이었다.

나는 옆으로 돌아누워 잘 준비를 하는 아이들을 가만히 지켜보았다. 여름 캠프 느낌이 났다. 우리가 하는 행동이 불법이고, 내일이면 골치 아픈 일들이 생길 거라는 사실을 깡그리 잊기라도 한 듯 매우 평온해 보였다. 마농은 나를 보고 씩 웃었다. 클라라 말이 맞을지도 몰랐다. 그 애는 내가 생각했던 것만큼 화가 나지 않은 걸지도 모른다.

마농이 눈을 반짝이며 속삭였다.

"고마워."

"뭐가?"

나는 속삭이듯이 작은 목소리로 물었다.

"이거 시작해 줘서."

"그런데 자꾸만 내가 실수한 게 아닌가 하는 생각이 들어."

마농이 천천히 고개를 가로저었다.

"우리는 옳은 일을 하는 거야."

그 말을 믿고 싶었다.

분노한 소녀들

꿈속에서 수많은 목소리가 동시에 말을 쏟아 내면서 나를 잠에서 깨우기 시작했다. 눈을 떠 보니 꿈이 아니었다. 아이들이 각자 휴대폰에 얼굴을 파묻고 앉아서 진짜로 열을 내고 있었다. 눈을 비비며 시계를 보기 위해 휴대폰을 켰다가 깜짝 놀라고 말았다. 우리 집에서 토요일 아침 8시는 새벽이나 마찬가지인데, 엄마의 부재중 전화가 여섯 통이나 와 있었다.

고개를 들어 아이들을 바라보았다. 그들의 얼굴에서 밤새 폭탄이 터졌다는 사실을 금방 알아챌 수 있었다. 마농은 말없이 휴대폰을 건네며 자기 SNS 계정의 스토리를 보여 주었다. 각기 다른 각도에서 찍은 바리케이드 사진과 영상들을 빠르게 넘겨 보았다. 댓글이 줄줄이 달려 있었다.

ㄴ학교가 봉쇄됐어!

ㄴ분명히 여자애들 짓이야.

ㄴ그럼 월요일에 수업은 하나?

뭔가 소식을 전해 들은 학생들이 자기 눈으로 직접 확인하려고 학교 앞에 모인 것 같았다. 아이들은 트위터와 페이스북 포스팅을 서로에게 번갈아 보여 주었다. 모두 바리케이드 얘기만 하고 있었다. 우리가 안에 있을 거라고는 상상도 하지 못하는 눈치였다.

"그래도 좋은 일이야. 우리가 원했던 거잖아!"

"어쩌면 밖으로 나가야 할지도 모르겠어. 우리가 한 거라고 말해야지. 안 그러면 사람들은 그냥 장난이나 해프닝쯤으로 여기고 말 거야."

이네스의 말에 마농이 대꾸했다. 그러나 클라라의 생각은 달랐다.

"좋은 생각이 아니야. 여기에 있어야 해."

"우리가 왜 이렇게 했는지 제대로 말해야 할 거 아니야?"

"우리 트위터 계정을 하나 만들자."

마농과 클라라의 입씨름을 막기 위해 내가 나서서 선수를 쳤다.

"뭐?"

아이들이 깜짝 놀라 동시에 소리쳤다.

"계정을 만들어서 사람들을 팔로우하는 거야. 그러면 우리 생각을 알릴 수 있잖아. 그러고는 학교 점거에 대해 말하는 거지. 사진을 올려서 우리가 안에 있다는 걸 보여 주자. 우리 사진은 말고 현장 스케치 정도만. 익명으로 말이야."

"하지만 사람들은 우리가 누군지 곧 알아차릴 거야."

내 말을 잠자코 듣고 있던 카일라가 짚어 주었다.

"상관없어. 짐작은 하겠지만 100퍼센트 확신할 수는 없을 거야."

모두 내 아이디어에 찬성하는 듯했다. 잠시 후 클라라가 자기 휴대폰으로 트위터에 '@odegougesbloqué(@점거된올랭프드구주)'라는 계정을 만들었다. 과학 기술과 SNS의 마법 덕분에 우리는 아주 짧은 시간 내에 꽤 많은 정보를 얻었다. 세상에, 십 분 만에 300명 이상의 팔로워가 생겼다. 클라라는 계정에다 우리의 첫 트윗을 날렸다.

그래. 맞아. 이건 꿈이 아니야. 올랭프 드 구주 고등학교는 점거되었어!

그러고는 바닥에 침낭을 늘어놓은 신문 동아리 방 사진을 찍어서 올렸다. 알림음이 울릴 때마다 우리는 기뻐서 날뛰었다. 처음에는 몇몇 아이가 누군지 알아내려고 우리 이름을 언급하기도 했지만, 결국 정체를 밝히는 건 포기해 버렸다. 우리가 올린 트윗은 단숨에 50번이나 리트윗되었다. 공개 메시지와 비공개 메시지를 통해서 많은 응원도 받았다. 어젯밤의 노력이 결코 헛되지 않았다는 사실을 알게 되면서 그나마 마음이 좀 놓였다.

엄마에게서 두 번이나 더 전화가 왔지만 일부러 받지 않았다. 걱정하지 말라는 메시지를 보낼까 고민하자, 마농이 별다른 설명 없이 문자만 덜렁 보내면 엄마가 더 걱정하실 거라고 말했다. 오빠가 최대한 엄마를 안심시켜 주기를 바랄 뿐이었다.

우리는 신문 동아리 방에 갇힌 채 이네스가 가져온 브리오슈를 먹었다. 눈에 띄지 않고 밖으로 나갈 수 있을지는 알 수 없었다. 굳이 위험을 감수하지 않는 편이 나을 듯했다.

잠시 후 1학년 중 한 명인 이만이 화장실에 가고 싶어 했다. 나머지 한 명은 카일라의 동생인 아스트리드였다. 나도 화장실에 가고 싶어서 이만과 함께 밖으로 나갔다. 학교 운동장을 가로질러 가야 했기에 바람막이를 걸치고 머리에는 후드를 쓴 다음에 선글라스까지 꼈다.

막상 밖으로 나오자 교문 앞에 모인 사람들의 소리가 시끌시끌하게 들렸다. 내가 지금 무슨 일을 하고 있는지 다시금 깨닫자 심장이 빠르게 요동쳤다. 물론 지금은 다른 여자애들 덕분에, 그리고 끊이지 않는 응원 메시지 덕분에 점거 농성을 시작하길 잘했다고 생각하고 있었다. 하지만 겁이 나는 것까진 어쩔 수가 없었다. 이 일로 생겨날지도 모르는 반향과 증오, 그리고 실패가 두려웠다.

이만이 나오길 기다리는데 마르탱에게서 전화가 왔다.

"라셸, 어젯밤은 어땠어?"

"눈 깜짝할 사이에 지나갔지. 너, 학교 앞이야?"

마르탱은 분명 제일 먼저 학교 앞에 와 있을 것이라 짐작했다. 어쩌면 카메라와 마이크를 들고 와서 인터뷰를 하고 있을지도 몰랐다.

"새벽부터 와 있었지. 완전 미쳤어. 언론이고 뭐고 다 왔어. 나, 뉴스에도 나왔다니까!"

순간 몸이 뻣뻣하게 굳었다.

"뭐?"

"방송국에서 취재를 나왔지 뭐야? 학교에 왜 바리케이드가 쳐져 있냐고 나한테 묻더라고."

"그래서 뭐라고 했어?"

"이건 여학생들의 항의라고 했지. 남학생들이 여학생들을 희롱하고도 아무 처벌을 받지 않자 여학생들이 더 이상 참을 수 없어서 이런 일을 벌이게 된 거라고 말했어. 그러고 나서 이제 바뀌어야 한다고, 이건 엄청 중요한 문제라고 했지. 암튼 너희를 지지한다고 했어!"

"근데 마르탱, 왜 네가 그런 이야기를 했어?"

"나도 몰라. 그 사람들이 다가와서 마이크를 들이미는 데 어떡해? 그게 다야. 내가 아무 말도 하지 말았어야 했나?"

나는 뭐라고 대답해야 할지 몰라 멍하니 있었다. 마농이 화내는 소리가 벌써부터 귓가에서 쟁쟁 울리는 것 같았다. 마르탱은 인터뷰를 하지 말았어야 했다. 이건 우리의 싸움인 데다 마르탱은 우리의 대변인이 아니니까.

그래도 마르탱은 밖에서 우리와 연대하고 있었다. 녀석 말고는 우리의 메시지를 정확하게 전달할 수 있는 사람이 없기는 했다. 어쨌거나 정작 우리는 하고 싶은 말을 하지 못하고 있었다.

"여보세요?"

마르탱이 걱정스러운 투로 말을 걸었다.

"내, 내가 너한테 무슨 말을 해야 할지 모르겠어."

"라셸, 좋은 소식은 이제 학교에서도 너희를 무시할 수 없다는 거야. 언론에서 다 알았으니까."

"그래, 우리가 학교 안에 갇혀 있는데 계속 모른 척할 수는 없겠지."

그때 이만이 화장실에서 나왔다.

"있잖아, 전화 끊어야 할 것 같아. 내가……."

"내가 맞춰 볼게. 연락할 테니 기다리라고 말하려는 거지?"

"그래."

마르탱은 짜증을 내며 전화를 뚝 끊어 버렸다. 화가 났나? 나는 계속해서 녀석을 박대하고 있었다. 사흘 전부터 같은 일이 자꾸 반복되었다. 마르탱이 우리를 돕고, 우리는 그 도움을 받고, 마르탱은 우리 일에 끼어도 된다고 생각하다가 선을 넘고, 그러면 우리는 녀석을 저만치로 밀어내고……. 결국 마르탱은 마음이 상하고 말았다. 아이들과 이야기를 해서 명확한 답을 얻어야 했다. 마르탱이 우리 그룹에 속할 수 있는지 없는지.

이만과 함께 동아리 방으로 돌아와 보니, 그사이에 아이들이 다른 메시지와 사진을 트위터에 올리고 바깥 풍경을 담은 사진들을 받아 두었다. 학교 앞에 상당수의 사람들이 모여 있었다. 누군가 올린 동영상에는 학생들, 어른들, 깃발을 들고 있는 대학생 연합 대표들, 방송국 차량 들이 찍혀 있었다. 어쨌든 토요일 아침 9시에 학교 앞에서 흔히 볼 수 있는 광경은 아니었다.

나는 침낭 위에 앉아 아이들의 주의를 끌기 위해 목을 가다듬었다.

"마르탱한테서 전화가 왔어."

"오, 잘 지낸대?"

마농이 친절한 척 비꼬며 물었다. 나는 한숨을 푹 내쉬었다.

"지금 교문 앞에 와 있는데 기자들하고 인터뷰를 했대. 그동안 학교에서 무슨 일이 있었는지 설명했다나 봐."

갑자기 정적이 감돌았다. 모두 나와 같은 생각을 하고 있는 모양이었다. 가장 격렬하게 비판할 게 뻔한 마농의 반응을 기다렸는데, 놀랍게도 그 애는 그냥 입만 비죽거렸다.

"그래서 제대로 말했대?"

"그런 것 같아. 사실 걔가 안 그러면 그게 더 놀랄 일이지."

마농이 눈을 가늘게 뜨고는 다른 아이들을 돌아보며 말했다.

"아무래도 마르탱을 들어오게 해야 할 것 같아."

처음에는 농담인 줄 알았다. 내 친구 때문에 짜증 난다는 걸 완곡하게 반어적으로 표현하는 거라고. 나만 놀란 건 아닌지 이네스가 곧장 반응했다.

"진짜로? 여학생들끼리만 하고 싶어 하는 거 아니었어?"

"맞아. 근데 남자애 한 명쯤은 넣어 줄 수 있잖아. 안 그래, 라셀? 네 생각은 어때?"

나는 어리둥절해하며 대답했다.

"난 마르탱을 믿어. 걔는 그저 우리를 돕고 싶어 하는 것뿐이야."

마농이 고개를 끄덕였다. 그러고는 마르탱에게 담장을 통해 조심스럽게 우리 쪽으로 와 달라는 문자 메시지를 보내라고 했다. 진심이라면 굉장한 일이었다. 어떻게 마농이……. 절대로 남학생이 섞이면 안 된다고 주장하던 아이가 갑자기 남자애를, 더군다나 약간씩 선을 넘기도 하는 애를 우리 편으로 받아들일 수 있다는 거지? 다른 속내가 있을지도 모른다는 생각이 들었다. 안 좋은 예감이 들어서일까? 갑자기 기분이 오싹해졌다. 이 모든 일이 아멜린과 딱히 관련이 있기는 한 걸까?

우리는 침낭을 정리하고 책상을 다시 배치해 동아리 방을 좀 더 학구적인 분위기로 만들었다. 우리의 입장과 요구 사항을 정확하게 전달하기 위해 성명서를 쓰기로 했다. 카일라가 서기를 맡았다. 나는 삼십 초마다 한 번씩 휴대폰 화면을 봤다. 마르탱에게서는 아직 답장이 없었다.

아이들이 앞다투어 말하는 바람에 소란이 일자 클라라가 목소리를 높였다.

"그만! 이건 아주 간단한 거야. 더도 말고 덜도 말고 우리가 원하는 걸 설명하면 돼."

"올랭프 드 구주 고등학교의 여학생들이 앞으로는 남학생들과 동등한 대우를 받으면 좋겠어. 어떤 옷을 못 입게 한다거나 화장을 못 하게 하는 것도 그만하길 바라고. 농담으로라도 성차별적인 얘기는 하지 못하도록 못을 박으면 좋지 않을까? 뭐, 그리 복잡한 일도 아니잖아."

"근데……."

나는 이네스의 말을 듣고서 나직이 웅얼거렸다. 소리가 크진 않았는데도 모두 고개를 돌려 나를 바라보았다. 다시 말을 이었다.

"그래, 그건 복잡한 일이 아니야. 그런데 무엇보다 우리는 학교 측이 아멜린에게 내린 전학 처분이 취소되길 바라잖아. 안 그래?"

모두가 한숨을 푹 내쉬었다. 우리가 왜 이곳에 있는지를 벌써 잊어

버리기라도 한 것처럼. 저마다 점거 농성에 참여한 이유가 다르다는 것까진 충분히 이해할 수 있었다. 그렇다고 아멜린의 일을 완전히 건너뛰는 것은 안 될 말이었다.

"그리고 폴 뮐러와 다른 남학생들이 처벌을 받아야지."

마농이 덧붙여 말했다. 카일라가 그대로 받아 적었다.

여전히 마르탱에게서는 아무 연락이 없었다. 자리에서 일어나 동아리 방 밖으로 나왔다. 신선한 공기가 필요했다. 바깥은 두 시간 전보다 훨씬 더 조용했다. 사람들이 구경을 마치고 원래 자리로 돌아간 듯했다.

나는 맨바닥에 앉아 등을 벽에 기댔다. 화창한 날씨였다. 평소 같았으면 공원에 가서 운동을 하거나 오빠를 따라 전시회에 갔을 것이다. 힘겹게 침을 삼켰지만 무언가가 목에 걸려 잘 내려가지 않았다. 가슴이 자꾸 답답했다.

어젯밤에는 행복한 기분으로 잠들었다. 그런데 이제는 모든 게 다 실망스러웠다. 기운 빠지게 만드는 목록이 자꾸만 늘어 갔다. 일단 마르탱이 화가 났을까 봐 걱정이 되었다. 게다가 이 아이들은 학교 점거의 근본적인 이유가 아멜린이라는 사실을 완전히 잊어버렸다.

그리고 마농……, 그 애의 반응이 이상하기 짝이 없었다. 내가 뭔가 큰 잘못을 저지른 것 같은 기분이 들었다. 교장 선생님에게서는 아무런 소식도 없었다. TV에서는 이 점거 농성과 전혀 상관없는 사람들의 증언을 토대로 방송을 내보낼 것이다.

무엇보다 내가 이런 일을 할 자격이 있는지 의구심이 들었다. 내가 다른 여자애들처럼 페미니스트이긴 한 걸까? 나는 아멜린이 여학생이라서 부당하게 학교에서 쫓겨났다는 사실에 분노해서 여기까지 오게 되었다. 아멜린이 여학생이 아니었다면 아무 일도 벌어지지 않았을 것이다. 나는 그 점에 대해서만큼은 분명히 페미니스트였다.

저 안에 있는 아이들은 나와는 달리 원래부터 페미니스트였다. 모든 것을 바꾸고 싶어 했다. 학교와 사회까지도. 그래서 투쟁이라는 퍼즐에 자신의 조각을 맞추고 싶어 했다. 멋지다는 생각이 들면서도 어딘가 비현실적으로 느껴졌다. 지금은 무엇보다 아멜린을 위해 들고일어나야 하는 것 아닐까? 어쩐지 여기는 내가 있을 자리가 아닌 것만 같았다.

그때 동아리 방 문이 열리면서 클라라가 밖으로 나왔다.

"라셸, 괜찮아?"

나는 조심스럽게 고개를 끄덕였다. 다르게 반응을 하면 왜냐고 물을 테니까. 나는 그 질문에 굳이 대답하고 싶지 않았다. 클라라가 옆으로 와서 앉았다.

"음, 괜찮지 않은 것 같은데?"

클라라의 말에 한숨을 쉬고는 얼마 전부터 머릿속을 맴돌던 질문을 꺼냈다.

"넌 여기에 왜 왔어? 그러니까 내 말은…… 왜 학교를 점거하러 온 거냐고."

"이 학교가 싫어서."

나는 아무 말 없이 고개를 돌렸다. 클라라의 대답은 충분하지 않았다. 클라라가 다시 입을 열었다.

"이제 알겠다. 너, 성명서 쓸 때 우리가 아멜린 생각을 안 해서 화가 난 거지?"

"아멜린을 위해서 수업 거부 운동을 시작한 거니까. 그런데 지금은 학교를 점거한 이유가 제각각이잖아. 치마를 입으려고, 평등을 위해서, 가부장제에 반대해서……."

순간 클라라가 얼굴을 찌푸렸다.

"그런 이유들이 너의 이유보다 중요하지 않다고 생각하는 거야?"

"꼭 그렇다는 건 아닌데, 너무 분산된 거 아닌가 해서. 개인적인 투쟁을 백번 하는 것보다 여럿이서 하나의 투쟁에 집중하는 게 훨씬 더 효과적이잖아."

"그래, 네 의견에 동의하지는 않지만 네 마음이 불편할 수 있겠다는 생각이 들기는 해."

"왜 동의하지 않는데?"

"우리 모두가 너처럼 아멜린 문제 때문이라면 여기에 이렇게 모이지 않았을 거야. 그 문제는 우리에게 그만큼 큰 영향을 주진 않았으니까. 자신과 연관된 문제여야 행동할 수 있거든. 우린 똑같은 경험을 하며 살지 않았어. 그러니까 같은 이유로 페미니스트가 된 게 아니라고. 그렇다고 해서 우리가 다른 목표를 갖고 있다는 뜻은 아니지만."

클라라는 잠시 멈췄다가 말을 이었다.

"너, 킴벌리 크렌쇼 이야기 들어 본 적 있어?"

나는 고개를 저었다.

"미국의 흑인 여성 페미니스트야. 그 사람이 '교차성'이라는 개념을 만들었어. 한 사람이 인종 차별과 성차별처럼 두 가지 차별을 동시에 겪을 수 있다는 이야기야. 흑인 여성이나 아랍 여성, 즉 백인이 아닌 여성들은 백인 여성과 동일한 경험을 하지 않아. 백인 여성은 백인이 아닌 여성과 똑같은 차별을 겪지 않으니까. 요즘에는 성적 지향이나 트랜스젠더, 월급 수준까지 페미니즘 운동에 포함해. 여성들은 각자 다른 문제를 갖고 있기 때문에 페미니스트가 되는 이유 역시 다 다를 수밖에 없어. 네가 아멜린 같은 여자애들이 가해자로 부당하게 지목받는 걸 받아들일 수 없어서 페미니스트가 됐듯이, 나는 흑인 여자아이지만 나중에 의사가 되고 싶은데 사람들이 자꾸 의료 보조인이나 하라고 강요하는 게 짜증 나서 페미니스트가 된 거거든. 어쨌든 우리 둘 다 페미니스트야. 맞지?"

나는 고개를 끄덕였다.

"우리 둘 사이도 괜찮은 거고?"

나는 또 고개를 끄덕였다.

"그러니까 우리 둘 다 학교 점거를 계속하면 돼. 물론 서로 다른 이유를 위해서지. 너한텐 너의 투쟁이 있고, 나한테는 나의 투쟁이 있고, 마농에게는 그 애의 투쟁이 있는 거야. 네 투쟁을 하자고 내 투쟁을 막지는 않았으면 좋겠어. 알겠지?"

나는 미소를 지으며 나직이 속삭였다.

"내가 지독하게 이기적이었다는 걸 아주 친절하게 알려 주네?"

클라라가 하늘을 올려다보았다.

"그렇지 않아. 이기적인 사람이라면 잘 알지도 못하는 친구를 대변

하려고 이렇게까지 하지는 않을 거야. 단지…… 네가 모르는 것들이 있는 것뿐이지. 괜찮아, 조금씩 배우면 되니까. 어디까지나 네가 원한다면 말이야."

클라라는 이렇게 말하며 내게 윙크를 했다. 그러고는 자리에서 일어나 손을 내밀었다.

우리는 아직 토론의 열기가 식지 않은 동아리 방으로 돌아갔다. 초안을 썼던 종이는 글자들로 빼곡하게 채워졌고, 카일라는 휴대폰에 최종안을 적고 있었다. 거의 한 시간이 걸렸다. 우리 이야기가 방송에 나갈 수 있을지 알 수 없었기 때문에 뉴스 시작 전에 성명서 작업을 끝내려고 했다. 정확히 정오가 되었을 때 최종안을 트위터에 올렸다.

올랭프 드 구주 고등학교의 학생, 학부모, 교사, 그리고 직원 여러분에게

우리는 2학년 여학생의 부당한 전학 조치에 항의하기 위해 10월 9일 수요일에 수업 거부 운동을 시작했습니다. 그러나 해당 사건에 대한 결정이 번복되지 않고, 학교 측에서는 유야무야 넘어가려고 했기에 이렇게 학교를 점거하기에 이르렀습니다. 학교 측에서 전학 결정에 대해 재고할 때까지 점거는 계속될 것입니다.

이 사건에서 처벌을 받은 여학생이 사실은 피해자였음을 분명히 밝힙니다. 따라서 우리는 잘못을 저지른 학생들에 대해 엄중한 처벌을 요구합니다. 교장 선생님과 선생님들은 그들이 누구인지 잘 알고 계실 겁니다.

우리는 올랭프 드 구주 고등학교가 여학생들에게 안전한 곳이 될 때까지 한 걸음도 물러서지 않을 것입니다. 우리의 분노와 환멸에 공감하는 이들이라면 기꺼이 지지해 주길 바랍니다. 그리고 이 메시지를 널리 공유해 주길 부탁합니다. 이것은 그저 단순한 투쟁이 아닙니다. 여학생들의 안전을 위한 투쟁입니다!

-분노한 소녀들 일동

'분노한 소녀들.'

우리를 대표할 만한 이름을 두고 한참을 고민했다. 이만이 제안했고, 모두가 찬성했다. 클라라가 나에게 이해시키고자 했던 내용들을 완벽하게 함축하는 이름이었다. 우리 모두 분노하고 있었고, 비록 똑같은 동기는 아니라 해도 분노 자체가 우리를 단단히 뭉치게 했다. 함께 싸우는 데 그 이상의 이유는 더 필요하지 않았다.

뜻밖의 고백 타임

성명서를 발표한 뒤, 우리는 카일라가 가져온 렌틸콩과 오렌지를 먹었다. 그런 다음에 이제 시간을 어떻게 보낼지 찬찬히 궁리해 보았다. 클라라가 플래카드를 만들자고 제안했지만 그걸 만드는 데 필요한 재료가 부족했다. 결국 사람들의 눈에 띄지 않는 곳에 앉아서 햇볕을 쬐었다. 사실 누가 본다 해도 상관없었다. 우리 이름은 벌써 사람들 입에 오르내리고 있을 테니까.

아스팔트 위로 다리를 뻗고 고개를 들어 햇빛을 쬐다가 기계적으로 휴대폰을 봤다. 마르탱에게 전화를 걸었지만 녀석은 여전히 나를 모른 체했다. 무슨 일이 생긴 건 아니겠지?

"그래도 정말 대박인 것 같아."

카일라가 갑작스레 말했다.

"너희는 이게 믿어져? 난 지금 우리가 학교 안에 있다는 게 실감이 안 나."

카일라와 눈이 마주쳐서 빙긋 웃어 주었다. 클라라와 했던 대화가 생각나 카일라에게 물었다.

"너는 여기에 왜 온 거야?"

"왜 점거를 하러 왔냐는 말이야?"

나는 고개를 끄덕였다.

"우리 집엔 아빠가 안 계셔. 남자 형제도 없고. 엄마랑 나랑 아스트리드뿐이야. 엄마는 우리가 당당하게 살 수 있도록 매일 열심히 일하셔. 사랑받을 자격이 충분한 분이시지. 그런데 지난번 학부모 간담회에 참석했을 때 영어 선생님이 '남편'은 왜 오지 않았느냐고 물었다는 거야. 엄마가 남편이 없다고 했더니, 내가 자기 수업 시간에 말을 잘 안 듣는다고 했다나. 내가 수업 시간에 말을 안 듣는 거랑 아빠가 없는 거랑 무슨 상관이야? 내가 여기 온 건 말도 안 되는 편견에 사로잡힌 선생님에게 더 이상 수업을 받고 싶지 않기 때문이야."

그러자 이네스가 자기 이야기를 하기 시작했다.

"나는 옷차림 때문에 학교에서 벌점을 받은 적이 있어서야. 그냥 평범한 가죽 치마였어. 무릎 바로 위로 올라오는 길이였는데, 가죽이라서 용납이 안 된다는 거야. 남자애들은 뭘 입고 와도 아무 말도 하지 않잖아."

"아, 작년에 폭염이었을 때 기억나. 선생님이 너한테 민소매 사이로 브래지어가 보인다면서 재킷을 입으라고 했지, 아마?"

카일라가 묻자 이네스가 고개를 끄덕였다.

"맞아, 난 그냥 옷차림 때문이야. 학교 폭력이나 임금 불평등같이 거창한 것과 맞서 싸우기 위해 학교를 점거하러 온 게 아니고. 그렇지만 아주 지긋지긋해. 옷조차 내 마음대로 못 입게 하는 거. 내 몸을 통제당하는 기분이 들거든."

"몸 이야기가 나와서 말인데……, 내가 여기에 있는 이유는 사람들이 내 몸매를 좋아하지 않아서야. 내가 내 몸매를 좋아하는 것조차 그들이 원하지 않고."

마농이 말하자 이네스가 물었다.

"넌 네 몸매가 좋아?"

"응, 좋아. 어쩌면 이게 여성과 관련된 문제가 아니라고 생각할 수도 있어. 사람들이 뚱뚱한 사람을 존중하지 않아서 그런 거라고 말할 수도 있을 테니까. 하지만 내 남자 사촌은 나보다 더 뚱뚱한데, 친척 모임에서 그 애가 디저트를 두 번 먹으면 다들 웃으면서 '저 녀석, 먹성도 좋네!' 이래. 나한테는 그런 몸매를 가지고 어디 남자 친구라도 사귀겠냐며 핀잔을 주거든."

"근데 마농! 여자들은 어차피 결혼과 출산을 해야 하니까 남자들의 선택을 받으려면 무조건 예쁘게 보여야 하지 않아?"

클라라가 일부러 어른들의 말투를 흉내 내자 여기저기에서 픽픽 웃음이 터져 나왔다.

나는 그 말을 듣고 고개를 푹 숙였다. 엄마와의 말다툼이 떠올라서였다. 몇 주 전에 큰 소리가 오가다 결국 눈물까지 터뜨리고 말았다.

클라라는 내가 불편해하는 걸 눈치챘는지, 내 팔에 손을 올리며 걱정스러운 말투로 물었다.

"괜찮아?"

나는 바보 같은 표정으로 고개를 끄덕였다. 그러다 문득 생각을 바꾸었다. 지금은 내 의견이 가치 있다고 생각하며 귀를 기울여 주는 이들과 함께 있지 않은가. 그러니 모든 걸 혼자 끌어안고 있을 필요가 없었다. 나는 자세를 고쳐 앉으며 천천히 입을 열었다.

"저번에 엄마랑 얘기하다가 아이를 낳지 않을 거라고 했거든. 엄마가 그걸 엄청 심각하게 받아들이셨어. 어리석은 생각이라나? 나중에는 마음을 바꾸게 될 거라면서. 근데 난 진짜로 아이를 낳기가 싫거든. 결혼도 하고 싶지 않아. 나중에 혼자 여행을 다니면서 탐사 보도를 하고 싶어. 뭐, 그런 이유 때문에 여기에 온 건 아니지만……. 어쨌든 그런 갈등도 나를 짜증 나게 만드는 것들 중 하나인 것 같아."

일단 말을 내뱉자마자 짐을 내려놓은 듯이 홀가분한 기분이 들었다. 마농이 나를 보며 미소를 지었다. 다른 아이들도 공감 어린 표정을 보였다. 그것만으로도 위안을 얻기에는 충분했다. 동그랗게 둘러앉아 갑작스럽게 시작한 고백 타임은 생각보다 꽤 유익했다.

클라라가 고개를 끄덕이며 말했다.

"나도 아이는 낳고 싶지 않아. 결혼을 하더라도 아이는 낳기 싫거든. 그저 내 인생을 살고 싶어. 여름에는 발리로 휴가를 떠나고."

그때 트위터 알림음이 울려서 대화가 중단되었다. 누군가 TV 화면을 사진으로 찍어서 보내 주었다. 지역 방송국 뉴스에 우리 이야기가 나오고 있었다. 일 분도 채 지나지 않아, 영상이 첨부된 다른 메시지가 도착했다. 영상 속에서 한 기자가 바리케이드가 둘러쳐진 교문 앞에서 사건을 대략적으로 보도하고 있었다. 곧이어 우리의 성명서가 화면에 나오는가 싶더니 한 여학생의 인터뷰가 이어졌다. 마르탱이 아니었다.

"수요일에는 수업 거부 운동을 벌이더니, 지금은 학교를 아예 점거해 버렸군요. 월요일에는 제발 수업을 들을 수 있길 바랄 뿐이에요."

우리는 분노가 치민 나머지, 할 말을 잃고 멍하니 하늘을 올려다보았다.

"저 사람들 뭐야? 네 친구 인터뷰를 내보냈어야지."

마농이 한숨을 쉬며 소리쳤다.

짧은 뉴스의 영상 말미에 이르러서는 실망감을 감추지 못하고 서로를 멀거니 바라보았다. 아멜린에 대한 언급은 아예 없었다. 오히려 우리 중 일부가 학년 말에 대학 입학 시험을 앞두고 있는 3학년이라는 이야기를 아주 콕 집어서 했다. 우리는 어느새 공부가 하기 싫어서 아무 일에나 덤벼드는 그런 학생들이 되어 있었다. 내가 싫어하는 저널리즘의 전형적인 행태였다. 일차원적인 반응과 불분명한 내용을 짜깁어서 사람들을 자극하는 데만 혈안이 된…….

아이들은 사실과 다른 부분들을 하나하나 짚어 가며 분노했다. 나는 휴대폰을 켜서 트위터 검색창에 학교 이름을 입력하고 내용을 하나씩 읽어 보았다. 지금까지는 사람들이 우리 계정에 보낸 메시지들만 읽었다. 주로 우리를 응원하는 내용이었다. 그래서 반대편 사람들의 목소리를 까맣게 잊고 있었다. 우리에게 직접 이야기할 용기는 없어서 허공에 대고 우리에 대해 함부로 지껄이는 사람들의 메시지 말이다.

올랭프 드 구주 고등학교 점거 농성이라니……. 페미니스트들은 우리를 엿 먹이는 방법을 잘도 찾아낸다니까.

리얼임? 그 여자애들이 **올랭프 드 구주 고등학교**를 무단으로 점거했다고? 걔들은 일부러 문제를 일으키고 다니네. 그 학교를 진작 떠났기에 다행이지.

올랭프 드 구주 고등학교 난리 났네. 너희가 그러거나 말거나. 난 월요일에 학교에 갈 거야. 난 아무 상관 없다고. 미친 계집애들 같으니!

선도 위원회에서 내린 결정이 마음에 들지 않을 땐 일단 학교를 점거해. **올랭프 드 구주 고등학교** 여자애들처럼 말이야.

얼굴을 한 대 제대로 얻어맞은 듯한 느낌이었다. 스크롤을 아래로 내렸다. 트윗이 그렇게 많지는 않았지만 대부분 부정적인 내용이었다. 다른 애들에게 보여 주기가 망설여졌다. 나처럼 충격을 받을까 봐 걱정이 되었다. 그렇다고 숨기고 싶지도 않았다. 클라라에게 휴대폰을 건넸더니 화면을 보고는 입술을 깨물며 한숨을 내쉬었다. 그러고는 휴대폰을 꺼 버렸다.

"우리한테 이런 건 필요 없어. 저녁때까지는 휴대폰을 꺼 두자!"

아이들은 처음에 싫은 기색을 내비쳤지만 결국 클라라의 제안을 받아들였다. 클라라는 휴대폰을 모아 동아리 방에 두었다. 그러나 이미 읽은 메시지들은 감당하기 어려울 정도로 부정적인 영향을 미쳤다.

나는 평소에 다른 사람을 곤란하게 만드는 걸 무척 싫어했다. 그래서 버스 안에서 절대로 빈 좌석에 앉지 않았고, 이어폰 너머로 음악 소리가 들릴까 봐 신경을 썼으며, 엄마가 힘들지 않도록 무엇이든 혼자 알아서 처리했다.

그러나 이 일에 관여하는 동안 동전의 뒷면을 미처 생각지 못했다. 우리가 교장 선생님과 학교 측을 곤란하게 만들고 있다는 건 알고 있었지만. 사실 그것만으로도 이미 엄청난 일이었다. 하지만 다른 학생들까지 난처하게 만들고 싶지는 않았다. 이 일로 모두가 나를 싫어하게 되면 어쩌지? 또 우리의 주장을 부정적으로 받아들이면?

침착함을 되찾고 싶었다. 이런 식으로 생각하는 것 자체가 웃긴 일이었지만. 아멜린에게 일어난 사건은 내 소심한 자아보다 훨씬 더 중요한 일이니까! 어쨌든 마르탱은 이미 나에게 화가 나 있었고, (화난 게 아니라면 내 연락을 받지 않을 이유가 대체 뭐겠어?) 이제는 학교 전체가 날 짜증 나는 애라고 생각하는 듯했다. 흠, 대단한 명성을 얻었군.

무엇보다 최악은 우리가 궁지에 몰렸다는 사실이다. 스스로가 쓸모없게 느껴지기 시작했다. 시간이 흐르길 기다리는 것 외에는 할 수 있는 일이 아무것도 없었다.

바람도 쐴 겸 화장실에 가기 위해 자리에서 일어났다. 누가 따라오는 걸 어렴풋이 봤지만 그다지 신경 쓰지 않았다. 화장실에서 나오다가 이만과 마주쳤다. 나에게 하고 싶은 이야기가 있는 것 같았다.

"무슨 일 있어?"

"라셸, 뭐 하나만 물어봐도 돼?"

나는 곧바로 고개를 끄덕였다. 순간, 이만이 그만두고 싶다고 할까봐 겁이 났다. 만약 그렇다면 여기서 내보내야 하는데, 그건 또 다른 고난의 시작일 터였다. 이만은 한참 동안 망설이다가 어렵사리 입을 열었다.

"나……, 히잡을 쓰고 싶어."

나는 뭐라고 대답해야 할지 몰라 눈만 끔벅였다.

"허락을 받고 싶은 거야?"

이만이 어깨를 으쓱했다.

"사실 잘 모르겠어. 여기에 있는 사람들을 불편하게 만들고 싶지는 않아. 학교 안에서는 원래 히잡을 쓸 수 없고……."

이만은 안절부절못했다. 우리를 믿지 못하는 것 같아서 마음이 아팠다.

"음, 네가 히잡을 쓰는 게 그 누구에게도 불편하지는 않을 것 같아. 아무한테도 잘못하는 게 아니잖아. 안 그래? 히잡을 쓰고 싶다면 스스로 판단해서 결정하면 되지 않을까?"

"글쎄, 모르겠어. 아무도 내 의견을 물어보지 않거든."

"그게 무슨 소리야?"

"사람들은 그냥 이렇게 말해. 여기서는 히잡을 쓸 수 있지만 저기에서는 안 된다. 그래서 히잡을 쓰려면 먼저 확인부터 해야 해."

"여기선 네가 하고 싶은 대로 하면 될 거 같은데?"

내가 웃으며 말하자 이만이 고개를 끄덕였다. 그러고는 화장실에 들어가 문을 잠갔다.

나는 곧장 아이들 곁으로 돌아가 클라라 옆에 앉았다. 멀리서 이만이 오는지 살피며 건성으로 아이들의 대화를 들었다. 마침내 이만이 히잡을 쓴 채 화장실에서 나와 우리 곁으로 돌아왔다. 이만과 나는 서로 눈을 맞추며 슬며시 웃었다. 아이들은 조금 놀란 눈치였지만 곧바로 따뜻하게 미소를 지었다. 아무도 히잡에 대해 언급하지 않았다. 이만도 아무 일 없었다는 듯이 다시 자리에 앉았다. 어쩌면 진짜로 달라진 건 아무것도 없기 때문이리라.

내가 있어야 할 곳

어느새 저녁이 되었지만 아무도 휴대폰을 가져오지 않았다. 바깥세상과 단절된 채 몇 시간 동안 우리만의 세계에 갇혀 있었다. 정말 좋았다. 하지만 우리에게 동의하지 않는 이들과 영원히 맞닥뜨리지 않고 살아갈 수는 없는 법! 휴대폰을 다시 켜고 우리를 비방하는 이들에게 답하기로 마음먹었다.

이건 마농의 생각이었다. 마농은 침묵하는 시간이 더 길어진다면 사람들이 우리의 주장을 진지하게 받아들이지 않을 거라고 했다. 우리는 침낭에 자리를 잡고 앉아 부정적인 트윗에 일일이 반박하기 시작했다. 어떤 사람들은 논쟁을 키우려고 했고, 또 어떤 사람들은 대답조차 하지 않았다. 하지만 상관없었다. 우리가 논쟁에서 이겼다는 뜻이니까. 팔로워 수는 쉬지 않고 늘어 갔다. 여성 운동가 관련 잡지사에서 일하는 여성 기자로부터 공식적인 지지도 받았다. 그 덕분에 우리는 다시 힘을 얻었다.

잠시 후 휴대폰 진동음이 울렸다. 엄마였다. 전화를 받을지 말지, 쉽사리 마음을 정하지 못했다. 오늘만 해도 벌써 열 번째 전화였다. 엄마의 전화를 계속 무시할 수는 없었다. 나는 용기를 내어 운동장으로 나가서 전화를 받았다.

"여보세요?"

목소리가 떨렸다.

"라셸, 너 어디야? 밖이 어두워지고 있잖아!"

목이 메었다. 엄마에게 거짓말을 할까, 잠시 고민했다. 어렸을 때부터 엄마는 우리가 거짓말을 하지 못하도록 엄하게 가르쳤다. 그래 봤자 오빠가 지구 최고의 능구렁이가 되는 걸 막지 못했지만. 내 침묵이 너무 길었던 걸까? 엄마가 참지 못하고 말을 이었다.

"지금 학교에 있는 거 아니라고 말해 줘. 뉴스에 나오던데, 설마 너 아니지?"

나는 아무 말도 하지 않았다. 그저 내 침묵의 의미를 알아주길 바랄 뿐이었다. 엄마가 한숨을 푹 내쉬었다.

"그럴 줄 알았어. 통조림을 찾을 때부터 알아봤다고. 그런 일에 왜 끼어든 거야? 오히려 문제를 만들고 있잖아. 네 나이에 세상을 바꿀 수는 없다고! 그리고 입시 준비는 어쩔 거야?"

엄마는 화가 잔뜩 나 있었다. 어쩌면 나에게 실망했을지도 모른다. 그 사실을 받아들이기가 힘들었다. 합리적이고 이성적인 사람이 되고

자 그렇게 노력했건만, 이제 나는 0.1초 만에 그 누구에게도 이해받지 못하는 아이가 되어 버렸다.

"엄마, 이건 중요한 일이에요. 다른 이들을 위해 나설 수 없다면, 나 혼자 걱정 없는 삶을 사는 게 다 무슨 소용이 있겠어요? SNS랑 학교 안에서 희롱당한 그 여자애가 언젠가는 나일 수도 있다고요!"

내가 항변하자 엄마가 차분하게 대꾸했다.

"그럴 일 없어. 내가 아는 한 너는 몸 사진을 아무 데나 올리고 그러지 않으니까."

"그거랑은 아무 상관 없어요! 엄마는 이해 못해. 엄마에게 문제가 있다고 생각해 본 적 없잖아요. 항상 옳다고만 생각하지. 근데 그건 지금껏 엄마한테 맞는 사람들만 만나서 그런 거예요. 그리고……."

"라셸, 그만하면 됐어. 이제 집에 들어와. 이건 엄마로서 딸에게 하는 명령이야."

나는 전화를 끊어 버렸다. 목이 메이면서 눈에 눈물이 가득 고였다. 엄마 전화를 받지 말았어야 했는데. 마음이 무거웠다. 몇 달 전부터 엄마와의 관계가 자꾸 삐걱거리기만 했다.

"음, 너희 엄마도 심란하실 거야."

문득 뒤를 돌아보니 카일라가 서 있었다. 나는 뺨 위로 흐르는 눈물을 서둘러 닦으며 고개를 저었다.

"괜찮아. 엄마도 극복하실 거야. 내일이면 나한테 아무 소리도 듣지 못한 것처럼 행동하실걸."

"너는? 극복할 수 있고?"

카일라의 질문에 어깨를 으쓱했다.

"선택의 여지가 없잖아."

"엄마하고 사이가 안 좋아?"

나는 멍한 눈빛으로 살며시 고개를 끄덕였다. 엄마와의 관계에 대해서 진작부터 말하고 싶었지만 차마 그러지 못했다. 그런 걸 입 밖으로 꺼내는 게 어색했으니까. 하지만 이제는 말할 수 있을 것 같았다. 나는 숨을 깊이 들이마신 다음에 말문을 열었다.

"엄마는 내가 하는 건 무조건 반대하셔. 내가 시앙스 포(파리 정치 대학, 프랑스 최상위 명문 그랑제콜.—옮긴이)에 가기 싫다고 말해서 더 그러시는 거야. 원래는 중학교 때부터 시앙스 포에 가고 싶어 했는데 어느 순간 마음이 바뀌었거든. 아이를 낳지 않겠다고도 했고. 매일같이 입씨름을 해. '진짜 그 옷 입고 갈 거야?', '차라리 사과를 먹지 그래?' 사사건건 참견이 얼마나 심하신지 몰라. 무엇보다 엄마는 내 몸매를 싫어하셔. 마른 몸에 집착하시거든. 내가 엄마만큼 마르지 않았다는 걸 못 견뎌 하시지. 게다가 자꾸 엄마 어릴 때랑 비교를 해. '네 나이 때 나는 벌써 남자 친구도 있었고, 데이트도 엄청 많이 했어!' 이런 식으로 말이야. 내가 하는 모든 게 엄마 눈에 차지 않는다고 할까? 지금도 마찬가지야. 내가 시간 낭비를 한다고 생각하시는 것 같아. 이럴 시간에 대입 준비나 해야 한다는 거지……."

카일라가 얼굴을 찡그렸다.

"너희 엄마, 상담 좀 받으셔야겠다. 아니, 엄마가 네 인생을 대신 사실 수는 없는 거잖아."

"맞아, 그렇지만 우리 엄마잖아."

"그래서?"

대꾸할 말이 없었다. 카일라는 내가 움츠러드는 걸 눈치채고는 내 손을 꼭 잡았다.

"그만 들어가자."

바로 그때, 누군가 담장 위에서 뛰어내리는 것이 보였다. 커다란 배낭을 어깨에 멘 마르탱이었다. 아침부터 아무 소식이 없더니, 이토록 천진난만하게 나타나다니! 카일라는 놀라서 뒤로 움찔 물러났다. 나는 서둘러 마르탱에게 달려갔다.

"너, 여기서 뭐 해?"

"내가 초대를 받았거든."

"문자 메시지에는 왜 답장을 안 했는데?"

"담을 넘으려고 사람들이 다 갈 때까지 기다렸어. 그리고 깜짝 방문으로 널 놀라게 해 주고 싶기도 했고."

"아, 그러셔? 네가 그렇게 중요한 사람이라고 생각하나 보지?"

"당연하지. 필요 이상으로 큰 자아가 나한테 그렇게 말하더라고."

어쨌든 마르탱을 만나자 반가운 마음에 안도의 한숨이 먼저 새어나왔다.

녀석과 함께 동아리 방으로 갔다. 아이들은 카일라에게 이야기를 들었는지 이미 밖에 나와 있었다. 마르탱을 냉대할까 봐 걱정했는데, 다들 웃으며 반갑게 맞아 주었다. 심지어 마농은 다소 흥분한 것처럼 보이기까지 했다.

"다 가져왔어?"

이게 무슨 소리지? 내가 뭔가 놓친 건가 싶어서 눈썹을 찡그렸다. 마르탱이 뿌듯한 미소를 지으며 배낭을 바닥에 내려놓았다. 그러고는 배낭 속에서 커다란 천 조각과 스프레이 페인트 통을 여러 개 꺼냈다.

"플래카드 만들 재료."

마르탱이 말했다.

무슨 소리인가 싶어서 마농을 쳐다보았다. 둘이서 미리 얘기를 한 건가? 그렇다면 마르탱이 내 연락은 씹어 놓고 마농의 연락은 받았다는 소리? 대체 왜? 두 사람은 잘 알지도 못하는 사이인 데다 마농은 마르탱을 엄청 싫어하는데?

마르탱은 마법 배낭이라도 되는 듯, 그 안에서 뭔가를 계속 꺼냈다. 식빵 한 봉지, 과자 서너 봉지, 바나나 한 송이, 그리고 내가 수십 번도 더 봤던 카메라 가방까지!

"너, 우리 사진 찍게?"

"그보다 더 좋은 거."

이네스가 놀라서 묻자 마르탱이 비밀스럽게 말했다.

"다큐멘터리를 찍을 거야."

"그걸 찍어서 뭐 하려고?"

클라라가 묻자 마농이 대신 대답했다.

"모든 사실을 제대로 알릴 거야. 트위터와 문자로만 표현하다간 사실이 왜곡될 수도 있어. 언론에 말하는 것도 마찬가지야. 입맛대로 편집당하겠지. 우리가 아무 말도 하지 않거나 다른 사람이 대신 말하게 한다면 더 심각하게 왜곡될걸. 영상으로 촬영하면 우리 모두가 진짜로 원하는 걸 말할 수 있을 거야."

이제야 머릿속에서 퍼즐 조각이 맞춰졌다. 바로 이것 때문에 마농이 마르탱을 초대한 거였다. 마농은 그저 마르탱의 취재 능력을 이용하고자 했던 것이다. 거기까지 생각이 미치자 마음이 복잡해졌다. 마농의 계획을 이해할 수는 있지만, 처음부터 의도를 숨긴 게 마음에 들지 않았다. 마농은 마르탱에게 뭐라고 말했을까? 만약 마르탱을 이용하는 거라면 참을 수 없을 것 같았다.

나는 일단 입을 다물었다. 어느새 밤이 되었다. 낮 동안의 감정 소모로 모두 지쳐 있었다. 마르탱과 마농은 밖에서 뭔가를 의논하고 있었고, 나머지 아이들은 동아리 방에 모여 있었다. 아이들 사이에서 금세 다큐멘터리에 대한 찬반 논쟁이 일었다. 찬성하는 아이도 있었지만 회의적인 아이도 있었다. 나는 아무런 의견이 없었다. 좀 더 적극적으로 대화에 참여하고 싶었지만, 머릿속은 온통 마르탱과 마농에 대한 질문들로 꽉 차 있었다.

나는 침낭에 들어가 다른 아이들에게서 등을 돌린 채 벽을 보고 누웠다. 이렇게 계속 모순된 감정에 시달리는 게 진저리가 났다. 나도 클라라처럼 생각이 매끈하다면 좋았을 텐데. 클라라는 다른 사람들이 뭐라 하든 말든 늘 냉정함을 유지했고, 양쪽 입장을 다 따져서 항상 정확한 말을 찾아냈다. 적어도 겉보기에는 감정에 휘둘리는 것 같지 않았다.

나는 이토록 중요한 순간을 지나고 있는데도, 절친이 내가 아닌 다른 아이와 이야기를 나눈다는 사실에 상처받아 혼란스러운 감정을 주체할 수가 없었다. 나처럼 이기적이고 자기중심적인 아이가 투쟁을 제대로 하는 게 가능할까? 그때 휴대폰 진동음이 울리면서 나를 다시 현실로 끌어냈다. 마르탱이 보낸 문자 메시지였다.

잠깐 시간 있어?

잠깐보다 더 많이 있을 수도.

무거운 마음으로 답장을 하자마자 또다시 문자가 왔다. 마르탱이 나더러 밖으로 나오라고 했다. 자리에서 일어나는데, 어느새 마농이 옆에 와 있었다. 안으로 들어오는 소리도 듣지 못했는데. 미소를 짓고 있는 마농에게 나도 웃어 보이려 애썼다. 그 애에게 화가 난 것은 아니었다. 나는 침낭들을 성큼성큼 넘어서 밖으로 나갔다. 마르탱은 벽에 등을 기대고 앉아서 빵에 잼을 바르고 있었다.

"안녕."

마르탱이 무심하게 인사를 건넸다. 나는 대꾸하지 않고 후드를 뒤집어쓰며 그 옆에 나란히 앉았다.

"너, 화났구나?"

"아니, 화 안 났어."

"아니, 확실히 화났어. 네가 왜 화났는지도 알지."

마르탱은 잠시 말을 멈췄다. 내게 설명할 기회를 주려는 것일지도 몰랐다. 하지만 나는 아무 말도 하지 않았다. 그 애가 다시 말을 이었다.

"넌 내가 마농하고 뭔가를 계획했는데, 그 사실을 미리 알리지 않았기 때문에 화가 난 거야."

나는 거칠게 숨을 내쉬었다.

"아냐! 네가 내 연락에 답을 하지 않아서 화가 난 거야."

그러고는 고개를 휙 돌려서 마르탱을 바라보다가 녀석이 눈썹을 찡긋하는 모습을 보고 말았다. 내가 유치하게 군다고 생각하는 게 분명했다.

나는 곧장 반박했다.

"넌 내 절친이잖아. 우린 항상 서로에게 모든 걸 얘기했어. 그런데 그 일이 시작된 후부터…… 널 잃은 것 같은 기분이야."

"절친이라고? 우린 그런 사이 아닌 줄 알았는데."

"넌 내게 제일 친한 친구야."

"이해가 안 가. 그래, 우리가 절친일 수는 있어. 그렇다고 해서 내가 다른 아이하고 이야기를 나눌 수 없다는 뜻은 아니잖아? 라셸, 지금 질투가 폭발한 거야? 내가 어떻게 생각해야 해?"

마르탱이 무슨 이야기를 하려는지 알 것 같았다. 불편한 느낌이 들면서 온몸에 소름이 쫙 끼쳤다.

"아냐, 그게 아니야! 너랑 나 사이에 우정 말고는 아무것도 없다는 거 잘 알잖아. 그런데……."

도저히 말을 끝맺을 수가 없었다. '너는 내 친구이고, 나 혼자만 널 독차지하고 싶다.'는 말을 차마 할 수가 없었다.

"네 말이 맞아. 바보 같은 짓이지. 난 너한테가 아니라 스스로에게 화난 거야. 처음부터 아무것도 아닌 일에 화를 내고 계속 의심을 했어. 다른 애들은 각자 여기에 온 이유가 있는데, 나는 내 생각에만 빠져 있었지. 내 사소한 문제들에……."

"네가 여기에 있는 게 어울리지 않는다고 느끼는 거구나?"

나는 서글픈 표정으로 고개를 끄덕였다.

"맞아. 투쟁을 하려는 '나'가 정작 누구인지 모르겠어. 내 안에 여러 생각이 가득하지만, 실제로 나한테는 아무 일도 일어나지 않았어. 여학생이라는 이유로 모욕당하거나 비난받은 적도 없고, 길거리에서 누군가 무턱대고 쫓아온 적도 없고, 학교에서 징계받은 적도 없어. 난 언제나 현명하고 완벽해서 선생님들이 좋아하는 아이였지. 한마디로 모범생…….

게다가 우리 엄마는 회사 임원이야! 오빠는 단 한 번도 나를 비하한 적이 없어. 나는 유복한 집안에서 태어났고, 좋은 고등학교에 다녀. 내게 닥칠 수 있는 최악의 문제는 옷 가게에서 라지 사이즈 옷을 찾지 못하는 것 정도뿐이야. 그런 일로 세상이 끝나지는 않잖아. 우리 엄마 말이 맞아. 나는 여기 있으면서 걱정거리를 만들고 있어. 나에게는 원래 걱정거리가 없었으니까. 이 세상 여성들이 겪는 일의 절반도 채 알지 못하면서 이런 운동을 시작할 수는 없는 거지. 사실은 아멜린을 지지할 수도 없어. 그 애가 어떤 감정인지 나는 알지 못하니까!"

내 안의 감정을 쏟아 내고 나자 몸이 덜덜 떨렸다. 마르탱은 뭐라고 대답해야 할지 모르는 눈치였다. 하긴 무슨 말을 할 수 있을까? 녀석도 나랑 같은 상황일 텐데. 차오르는 눈물을 참으려고 안간힘을 썼다.

그때 누군가 내 어깨에 손을 얹었다. 어느새 클라라가 내 옆으로 와서 웅크려 앉았다.

"라셸, 너랑 이야기를 좀 해야겠어. 그런 생각에 계속 빠져 있어선 안 돼. 음, 내일 하자. 지금은 너무 늦은 데다 우리 모두 집도, 편안함도 버리고 나와서 무척 피곤하니까. 괜찮지?"

내가 고개를 끄덕이자 클라라가 내 손을 잡아 일으켰다. 내 마음은 산산조각이 났고 다리는 마구 후들거렸다. 클라라에게 기댄 채 침낭까지 가서는 말 한마디 없이 곧바로 고꾸라졌다. 내일이면 모든 게 괜찮아질 거라고 스스로를 다독이면서 스르르 잠에 빠져들었다.

지원군과 방해꾼

다음 날, 느지막이 일어나 보니 동아리 방에는 나 혼자뿐이었다. 휴대폰을 보니 10시가 훌쩍 넘어 있었다. 잠이 덜 깬 눈을 부비며 자리에서 일어났다. 금요일부터 같은 옷을 입고서 샤워를 하지 못한 채 양치질만 겨우 해서 몹시 찝찝한 상태였다. 가방에서 갈아입을 옷을 꺼내 팔에 걸친 뒤 화장실에서 조금이라도 씻을 수 있기를 바라며 밖으로 나갔다.

날씨가 정말 좋았다. 아이들은 운동장에 모여 뭔가에 열중하고 있었다. 마르탱이 가져온 긴 천이 펼쳐져 있었고, 카일라가 목도리로 입을 가린 채 바닥에 엎드려 스프레이 페인트로 그 위에 글씨를 썼다. 다른 아이들은 팔짱을 낀 채 그 모습을 지켜보았다. 나는 조심스럽게 다가가 보았다. 카일라가 '점거된 고등학교'라고 쓰고 있었고, 다른 아이들은 어떤 말을 덧붙일지 고민 중이었다.

“너도 더는 똑같은 팬티 못 입겠지?”

마농이 장난스럽게 묻는 바람에 웃음이 팍 터졌다. 마르탱이 내 앞에서 카메라로 촬영을 하고 있었다. 내가 쳐다보는 걸 알아차리고는 슬쩍 윙크를 했다. 화장실에 가려고 발걸음을 옮기자 마르탱이 나를 따라왔다.

“라셸, 오늘은 기분이 어때?”

마르탱이 카메라를 들이밀며 물었다.

“이거, 나중에 하면 안 돼? 나, 지금 땀범벅에 냄새도 난다고.”

“이건 영상이야. 사람들은 냄새를 못 맡아. 그리고 마농은 생생한 걸 원한대! 이제 막 일어나서 화장실로 기어가는 네 모습이야말로 생생 그 자체잖아.”

“저리 꺼져!”

“알았어. 이따 올게.”

화장실에 가 보니, 아스트리드가 먼저 와 있었다. 그 애는 세수를 하다가 거울 속에서 나와 눈이 마주쳤지만, 딱히 대화를 나누고 싶은 눈치는 아니었다. 나는 화장실 칸에 들어가서 바지를 벗었다. 속옷을 갈아입고 싶어서 거의 미칠 지경이었다.

무엇보다 최악인 건 생리가 시작되었다는 것이다. 가장 피하고 싶은 일이었는데……. 가방에 생리대가 두세 개 있긴 하지만 그걸로 오래도록 버틸 수는 없었다. 다른 아이들이 넉넉하게 챙겨 왔기를 기대하는 수밖에. 일단 비상수단을 써 보기로 했다. 화장지를 여러 겹 접어서 팬티에 갖다 댔다.

화장실에서 나온 뒤, 생리대가 있는지 물어보려고 마농에게 다가갔다. 그런데 마르탱이 눈치 없이 끼어들었다.

"얘들아, 너희끼리 이야기하더라도 카메라에다가 말해야 돼!"

화가 불쑥 치밀었다. 이미 짜증이 날 대로 나 있었는데 거기에 불을 지른 것이다. 만약 다른 사람이 그랬다면 소심해서 받아치지 못했겠지만 마르탱이어서 거리낄 게 없었다.

"무슨 일인지 그렇게 알고 싶어? 좋아, 나 생리 시작했어. 그래서 마농한테 생리대가 있는지 물어보려고 한 거야. 그게 다야! 기사에 이런 이야기도 넣지 그래? 이거야말로 여자들이 항상 겪는 진짜 문제니까!"

마르탱은 어쩔 줄 몰라 하며 카메라의 정지 버튼을 누르고 렌즈를 아래로 내렸다.

"미안해."

마르탱이 기어 들어가는 목소리로 말했다. 그러자 잠자코 있던 마농이 나섰다.

"마르탱, 다큐멘터리가 우리의 모든 순간을 기록해야 하는 건 아니야. 여자애들이 원할 때나 뭔가 중요한 일이 생겼을 때만 찍었으면 해. 동의 없이 사생활을 침범해서는 안 돼."

"알았어. 그렇지만……."

"우리가 너를 받아들였듯이 너도 우리를 존중해 줘."

마르탱은 마농의 눈빛에 맞서다가 이내 단념하고는 카메라를 정리했다. 녀석이 더 이상 반박하지 않아서 내심 놀랐다. 말로는 끝까지 지지 않으려 하는 녀석인데!

결국 마르탱은 자리를 옮겨 플래카드를 물끄러미 지켜보았다. 카일라가 드디어 마무리를 하고서 확인차 플래카드를 높이 들어 올렸다. 그러고는 뒤로 조금 물러나며 흡족한 표정으로 말했다.

“제법 근사한데!”

우리는 흰색 천 위에 빨간색으로 적힌 글씨를 읽었다. ‘잊혀진 정의. 분노한 소녀들. 점거된 고등학교.’ 우리의 입장을 잘 요약한 문구였다. 과하게 폭로하지 않으면서도 호기심을 불러일으키기에는 충분했다. 이제 이 플래카드를 걸기만 하면 되었다.

이네스가 쓰레기통을 쌓아 둔 교문 옆 철책에 플래카드를 걸자고 제안했다. 카일라와 마농은 곧장 그리로 향했다. 혹시나 주변에 구경꾼들이 있을 경우를 대비해서 머리에 후드를 쓰고 목도리로 얼굴을 가렸다.

나는 화장실에 한 번 더 들른 후 교문 쪽으로 가려 했는데 클라라가 성큼 다가와 팔을 붙잡았다.

“우리, 얘기 좀 하기로 했지?”

나는 시선을 아래로 떨구었다. 어젯밤 일이 생각났다. 나는 아무 말 없이 클라라를 따라 벤치로 가서 앉았다.

“라셸, 여기에 네 자리가 없는 것 같다고 느끼는 거야?”

클라라가 정곡을 찔렀다.

내가 어떤 감정을 느끼고 있는 건지 나조차도 제대로 몰랐기에 그저 어깨를 으쓱해 보였다. 지난밤은 내 거북함을 잠시 멈추었을 뿐, 실제로는 아무것도 해결된 게 없었다.

"응, 약간은. 어제도 말했지만…… 나한테는 진짜 문제가 없는 것 같아서."

클라라가 살짝 웃었다. 내가 웃긴 건가? 아니면 내 말이? 그것도 아니면 이 상황이 우스운 건지도 몰랐다. 클라라가 이내 고개를 저었다.

"말도 안 되는 소리야, 라셸. 그래, 넌 우리가 경험한 문제들을 직접 겪지는 않았어. 평생 그런 문제가 생기지 않을 수도 있지. 그건 단지 네가 우리랑 같은 환경에서 태어나지 않았기 때문이야. 그렇다고 해서 네가 위협받지 않는다는 뜻은 아니야. 어제 네가 했던 얘기를 예로 들어 볼게. 길거리에서 누가 따라오거나 희롱하는 거, 아직 그런 일을 당하지 않은 걸 수도 있어. 그렇지만 말 그대로 '아직'일 뿐이야. 그런 위협은 늘 우리 주위에 도사리고 있으니까.

그런 위협이 존재하는 한, 모든 여성이 투쟁해야 해. 안전한 상태에 있으면서 그런 위협에 대해 섣부르게 말하기 어렵다는 네 생각에는 나도 동의해. 그렇다고 그런 위협을 입에도 올리지 말라고 요구하지는 않아. 사람들이 너한테 이 세상 여성들을 위협하는 모든 것에 맞서 분노하라고 요구하지 않는 것처럼. 그저 우리 학교에서 일어나는 일에만 맞서면 되는 거야. 너 또한 그 일들에 연관되어 있잖아."

내가 빤히 바라보자 클라라가 씩 웃었다.

"너, 설득력 있게 말 잘한다……."

"난 외동딸이거든. 그건 거울 앞에서 연습할 시간이 아주 많다는 뜻이지."

나도 모르게 웃음이 터지고 말았다.

"네 머릿속에 있는 스위치를 꺼. 알겠지? 질문도, 의심도 이제 그만 해. 만약에 네가 이 싸움을 이끌고 가기에 적합한 사람이 아니었다면, 아멜린이 먼저 자기를 위해 싸우는 걸 거절했겠지. 우리도 널 따르지 않았을 테고. 그러니까 생각은 이만 멈추고 지금 이 순간을 충분히 경험하도록 해."

"너도 알다시피 지금 별다르게 경험할 게 없잖아. 우리가 여기 들어온 후로 아무 일도 없었고. 우리는 직접 만든 감옥 안에서 빙빙 돌고 있을 뿐인걸."

"곧 생길 거야. 날 믿어."

나 역시 누구보다 클라라의 말을 믿고 싶었다. 이렇게 계속 학교 운동장과 동아리 방만 왔다 갔다 하다가는 얼마 안 가 미쳐 버릴지도 몰랐다.

우리가 벤치에서 일어나는 순간, 멀리서 누군가 외치는 소리가 들렸다. 마치 내 부름에 응답하기라도 하는 것처럼. 낯선 얼굴 몇 명이 담장 위에 올라서서 손짓을 하고 있었다. 클라라와 나는 서로를 빤히 쳐다보았다.

"저기로 가 봐야 할까?"

내가 묻자 클라라가 어깨를 으쓱했다.

"딱히 위험할 게 있겠어?"

별로 없을 것 같았다. 학교에서 겪는 문제보다 더 위험한 골칫거리는 없었다. 우리는 담장 쪽으로 걸어갔다.

담장 위에는 우리보다 나이가 많아 보이는 여자가 다섯 명 있었다. 그중 한 명은 머리칼이 분홍색이었고, 다른 한 명은 삭발을 한 상태였다. 멋진 사람들인 것 같았지만 조금 위압적인 느낌이 들었다.

"너희가 학교를 점거한 거야?"

그들 중 한 명이 물었다.

"저희가 맞는 것 같은데요. 그렇지 않으면 일요일에 여기서 뭘 하겠어요?"

클라라가 약간 냉소적인 목소리로 대꾸했다. 그 말을 듣고 그 사람들이 웃음을 터뜨렸다.

"우리는 '모든 여성들을 위한 공동체'라는 대학생 페미니스트 연합 회원이야. 혹시 들어 본 적 있어?"

우리는 고개를 저었다.

"너희가 하는 거 완전 멋져. 우리끼리 그 얘기 엄청 많이 했어. 너희한테 필요한 게 많겠다는 이야기를 하다가 이렇게 꾸러미를 하나 갖고 왔지!"

그들은 우리가 대답할 틈도 주지 않고 커다란 상자를 줄에 매달아 담장 아래로 내려 보냈다. 우리는 얼떨떨한 기분으로 상자를 받아 매듭을 풀었다.

"고마워요."

달리 뭐라고 해야 할지 몰라서 이렇게 인사를 전했다.

"별말씀을! 당연한 거잖아. 서로 지지하고 응원해야지."

비현실적이었다. 그들은 우리를 잘 모르는 데다가 페미니스트 연합에 속해 있으니 할 일이 꽤 많을 텐데……. 상자 안에 뭐가 들어 있든 아무 상관 없었다. 이런 행동을 보여 줬다는 게 중요했다. 가슴속 깊이 뿌듯함이 차올랐다. 어쩌면 그들에게는 별것 아닐 수도 있지만 내게는 너무나 큰 의미였다. 여성들이 서로를 알지 못해도 도울 수 있다는 거니까. 이보다 더 좋은 걸 바랄 수는 없었다.

"우리하고 같이할래요?"

클라라가 제안하자 대학생들이 또다시 웃음을 터뜨렸다. 서로 눈길을 잠깐 주고받더니 결국에는 거절했다.

"아니야, 우리는 너희가 이 일을 주도하는 게 더 좋다고 생각해. 하지만 곤란한 문제가 생기면 트위터로 언제든 연락해. 너희를 팔로우하고 있으니까. 그나저나 네가 엘리 여동생이니?"

오빠 이름이 불쑥 나와서 깜짝 놀랐지만 일부러 태연한 척하며 고개를 끄덕였다.

"진짜 곤란한 상황에 빠지면 엘리에게 전화해. 그럼 녀석이 우리한테 전해 줄 거야. 알겠지?"

나는 다시 한번 더 고개를 끄덕였다. 대학생들은 우리에게 윙크와 키스를 보낸 후 담장 너머로 사라졌다. 그들 덕분에 엄청난 안도감을 느꼈다. 우리는 혼자가 아니었다. 바깥에는 우리의 메시지를 전달하는 사람들이 있었다. 담장 안에 갇혀서 SNS로만 소식을 듣고 있어서 그 힘을 실감하지 못했던 것뿐이었다. 사람들이 우리에 대해 이야기하고, 또 우리를 생각하고 있다는 사실을 꼭 기억하리라고 마음먹었다.

우리는 제법 묵직한 상자를 힘겹게 동아리 방으로 옮겼다. 상자 안에는 간식거리와 두루마리 휴지, 치약, 칫솔, 낱말 퍼즐 책, 작은 주전자, 티백이 들어 있었다. 그러다 바닥에 깔린 물건을 발견했을 때, 나는 두 눈이 휘둥그레졌다.

"와, 생리대랑 탐폰이다!"

하도 기쁜 나머지, 나도 모르게 소리를 지르고 말았다.

우리는 물건들을 차곡차곡 정리했다. 카일라와 이네스, 마농에게도 얼른 이 이야기를 들려주고 싶었다. 플래카드를 거는 데 시간이 좀 걸리는 듯했다.

오빠에게 문자 메시지를 보내려고 휴대폰을 꺼내 들었다. 오빠의 친구들을 만났다는 걸 전하고, 집에 별일이 없는지 물을 참이었다. 그런데 메일이 하나 와 있어서 그것부터 확인했다. 메일함을 열자마자 심장이 덜컥 내려앉았다. 교장 선생님이 보낸 것이었다. 메일을 읽지도 않고 클라라에게 휴대폰을 넘겼다. 클라라가 큰 소리로 메일을 읽었다.

"올랭프 드 구주 고등학교의 학생들에게. 여러분도 알다시피 금요일 저녁부터 학교의 출입구가 가로막혔습니다. 몇몇 학생들이 불법으로 학교 건물을 점거하고 있기 때문입니다. 그 이유가 무엇이든 간에 결코 용납할 수 없는 행동입니다. 내일 수업이 정상적으로 이루어질 수 있도록 최선을 다하겠습니다. 오늘 저녁 안으로 농성 중인 학생들과 협상을 진행해서 이 문제를 해결하도록 하겠습니다. 이런 일로 걱정을 끼쳐서 송구합니다. 다시 소식을 전하겠습니다."

클라라가 재수 없다는 듯이 한숨을 내쉬고는 내 휴대폰을 자기 침낭 속에 넣어 버렸다.

“예상대로군.”

“대체 뭘 어쩌겠다는 거야? 우리가 원하는 게 뭔지 말했는데도 자기들이 거부했으면서!”

나는 화가 나서 불퉁거렸다.

“우리 영향력이 달라졌잖아. 언론 보도도 있었고. 그러니까 상황이 달라진 거지.”

그때 동아리 방 문이 벌컥 열리더니, 이네스가 100미터 달리기라도 하고 온 양 얼굴이 빨개진 채 헐떡거리며 나타났다.

“대박! 심각한 문제가 생겼어. 폴 뮐러 패거리가 지금 학교 앞에 와서 우리가 막아 둔 걸 다 치우고 있어!”

우리는 더 생각할 겨를도 없이 자리를 박차고 일어났다.

슬픈 미소

너무 빨리 뛰어서일까? 막상 철책 앞에 도착했을 땐 무슨 일이 벌어졌는지 바로 알아채지 못했다. 마농과 카일라, 마르탱은 플래카드 뒤에 숨어서 촬영을 하고 있었다. 폴 뮐러 패거리가 보이지는 않았는데, 금속이 부딪치는 소리와 낄낄대는 목소리는 어슴푸레하게 들렸다. 바리케이드를 치우는 모양이었다.

"재들, 언제 왔어?"

"오 분 전에."

클라라가 묻자 마농이 속삭였다.

"재들하고 얘기해 봤어?"

마농은 고개를 흔들었다. 폴 패거리들은 우리를 발견하지 못한 것 같았다. 플래카드가 꽤 커서 우리를 감쪽같이 가려 주었고, 옆에 쌓아 둔 쓰레기통들 역시 시야를 가리기에 충분했다. 하지만 클라라는 소극적으로 움츠리고 있을 생각이 전혀 없어 보였다. 곧장 교문으로 뛰어가 창살을 붙잡고 소리쳤다.

"어이! 너희, 지금 뭐 하냐?"

지원군이 필요하겠다는 생각이 들어서 클라라 옆으로 다가갔다. 다른 아이들도 우르르 따라왔다. 누군가 신호를 보내자, 폴을 선두로 남자애들이 얼굴을 드러냈다.

"네가 보기엔 우리가 뭘 하고 있는 것 같냐? 바리케이드를 해체하고 있잖아. 장난은 이제 끝났어. 내일 학교는 정상적으로 수업을 할 거야. 열심히 공부해서 미래를 준비하고 싶은 아이들도 있다는 걸 알아야지, 응?"

폴의 뻔뻔한 대답은 우리의 분노와 탄식을 불러일으키는 데 성공했다. 우리는 모두 같은 생각을 하고 있었다. 클라라가 우리의 생각을 대신 말했다. 엄청나게 화가 난 게 분명한데도 아주 차분하게 받아쳤다.

"네가 수업을 듣기 위해서 이런다는 걸 우리더러 믿으라는 말이야? 우리가 이걸 계속하면 네가 진짜 똥통에 빠질까 봐 두려워서 그러는 게 아니고?"

폴은 겉으로는 웃고 있었지만 긴장한 기색이 역력했다.

"너희가 대체 무슨 얘길 하는 건지 하나도 모르겠어. 날 때린 건 아멜린이야. 멍청이는 그 애라고."

"그렇다면 왜 굳이 이 바리케이드를 없애려는 거지?"

폴은 마치 폐부를 깊이 찔리기라도 한 것처럼 얼굴이 점점 시뻘게졌다. 마르탱을 물고 늘어지는 것 말고는 더 이상 반박할 거리를 찾지 못한 듯했다.

"야, 카메라 치워. 그만 찍으라고. 쟤 좀 봐. 완전 넘어갔어. 야, 그렇게 한다고 해서 네가 쟤들 중 한 명이랑 사귈 수 있을 것 같냐?"

폴의 말에 잠자코 있던 마농이 끼어들었다.

"생각하는 거 하고는."

폴은 결국 폭발하고 말았다.

"나한테 왜 시비야? 막대기로라도 널 만질 사람은 없을걸! 너희가 진짜 불쌍하다는 거 아직 모르냐? 모두가 너희를 싫어해. 너희는 쓸모없는 인간들이라고. 그러고 있으니까 무슨 세상의 구원자라도 되는 줄 아나 본데, 실제로는 아무도 너희한테 신경 안 써. 등신 같은 페미니스트들 같으니라고!"

정적이 이어졌다. 우리 입을 다물게 한 것이 충격이었는지 분노였는지, 아니면 역겨움이었는지는 잘 모르겠다. 어쨌든 아무도 폴의 말에 대꾸하지 않았다. 그 입에서 나온 말들이 마치 작은 칼날로 변해 내 가슴을 후벼 파기라도 한 것처럼 엄청나게 거북함을 느꼈다.

폴은 자기가 우위를 차지했다고 느낀 모양이었다. 들뜬 목소리로 말을 이었다.

"너희가 대체 뭘 할 수 있는데? 우리가 쓰레기통이랑 장벽 없애는 걸 막아 보시게? 잘 봐, 너희는 지금 그 안에 갇혔어."

폴의 말이 맞았다. 우리는 아무것도 할 수 없었다. 철책은 너무 높아서 타고 올라갈 수가 없었고, 교문을 비롯한 입구는 우리가 직접 막아 버렸다. 설령 우리가 원하는 것을 얻는다고 해도, 누군가 여기서 꺼내 줄 때까지 기다려야 했다.

폴은 의기양양하게 돌아서서는 패거리와 함께 우리가 공들여 만든 바리케이드를 계속 해체했다.

"저 자식 얼굴에 침을 뱉어 줬어야 했는데! 그렇지만 쟤하고 이야기하는 거 자체가 이미 내 침 낭비야."

클라라가 이를 꽉 물고 씩씩거렸다.

아무도 더 말을 보태지 않았다. 이제 우리는 뭘 해야 하지? 모든 게 다 끝난 건가? 이대로 교문이 뚫리면 내일 학생들이 등교를 할 테고, 모든 게 원점으로 돌아갈 터였다. 어떻게든 방법을 찾아야 했다. 내가 직접 나서지 않도록, 누군가 먼저 아이디어를 내주길 바랐다. 하지만 결국 내가 먼저 나섰다.

"야!"

나는 남자애들의 주의를 끌기 위해 대뜸 소리를 질렀다.

"뭐!"

폴이 거의 고함치듯이 대꾸했다.

"우리가 오늘 저녁에 교장 선생님이랑 만나기로 한 거 알아? 너희가 저걸 없애든 말든 말이야. 그리고 뉴스에 나오는 바람에 모두가 우리의 이야기를 들었고, 다음 이야기를 기다리고 있지. 그러니 교장 선생님도 이번에는 우리 이야기에 귀를 기울이실 수밖에 없어."

"그래서?"

심장이 미친 듯이 쿵쾅거렸다. 포커페이스를 유지하려고 갖은 애를 썼다. 그 어떤 상황에서도 태연한 모습으로 보도를 하던 기자들을 떠올렸다. 나도 그들처럼 행동해야 했다. 그 어떤 감정도 드러나지 않도록 할 것. 난 아무렇지도 않다는 듯이 일부러 어깨를 으쓱했다.

"이 기회를 이용해 내가 학생들이랑 인터뷰하면서 알게 된 사실들을 밝힐 수도 있지 않을까? 참 재밌는 게, 신문을 만든다고 하면 사람들이 자기가 아는 가십을 다 털어놓거든. 물론 우리는 그런 걸 다 기사로 쓰진 않아. 학생들이 선입견을 가지면 안 되니까. 그렇지만 그 과정에서 꽤 많은 걸 알게 돼. 장담하건대, 교장 선생님이랑 생활 지도 부장 선생님도 보나 마나 그 이야기를 듣고 싶어 하실걸?"

폴의 얼굴이 굳으면서 살짝 떨리는 게 보였다.

"뻥치시네. 허세 부리지 마."

"마음대로 생각해. 어쨌든 너는 위험을 감수하겠다는 말이지?"

나는 느긋하게 웃으며 되물었다. 폴이 무너지기 직전이라는 걸 깨닫고 세차게 밀어붙였다. 아니나 다를까, 폴은 바닥으로 시선을 떨구더니 입술을 잘근잘근 씹으며 뒤돌아서서 친구들을 불렀다.

"야, 그만해야겠어."

폴의 친구들이 반발했다.

"뭐? 무슨 소리야! 저 페미니스트 계집애들이 우리를 계속 엿 먹이게 내버려 둘 수는 없어!"

그러자 폴이 필사적인 표정으로 말했다.

"너희는 지금 우리가 더 잘못한 것처럼 보이는 거…… 모르겠어?"

폴은 친구들을 붙잡고 멀어지면서 계속 뭐라고 떠들어 댔다. 어떤 말인지는 자세히 들리지 않았다. 그제야 어깨를 짓누르던 긴장이 탁 풀렸다. 나는 몇 발짝 뒷걸음질을 치고서야 숨을 내쉬었다. 후들거리는 다리를 겨우 움직여 동아리 방으로 향했다. 등 뒤에서 기쁨의 고함 소리가 들렸다. 클라라가 다짜고짜 끌어안는 바람에 그 자리에 우뚝 멈춰 섰다.

"너, 어쩜 그렇게 대담하니? 재에 대해 알고 있다는 게 뭐야?"

"아무것도 없어. 폴이 제대로 본 거야. 나, 그냥 허세 부린 거 맞아."

내가 고백하자 클라라의 눈이 휘둥그레졌다.

"그럼 더 잘한 거네! 고마워, 라셀. 진짜로 잘했어."

클라라의 지지를 받으니 기분이 정말로 좋았다. 더 이상 다리도 떨리지 않았다. 방금 전에 일어났던 일도 조금씩 실감나기 시작했다. 우리가 만들어 놓은 것을 남자애들이 멋대로 부수지 못하도록 막은 것이다. 나는 다시 이 운동의 주체가 되어 있었다. 비로소 나 자신을 믿을 수 있게 되었다. 이제는 보이지 않는 벽 속에 나를 가두는 것을 멈출 차례였다.

폴 뮐러에게 했던 말 중에 사실이 있다는 걸 깨달았다. 교장 선생님에게 설명할 게 있다는 것. 이번에야말로 우리의 의견이 제대로 전달되도록 철저히 준비해야 했다. 우리의 요구 사항은 똑같았다. 점거 농성이 언론에 보도된 덕분에 힘이 다소 실리긴 했지만, 권력 관계를 뒤집을 수 있을 만한 걸 갖고 있지는 못했다.

판도를 바꾸기 위해서는 딱 한 가지 방법밖에 없었다. 아멜린이 카페에서 나에게 털어놓았던 이야기, 즉 우리가 들고일어나게 된 이유를 교장 선생님에게 밝혀야만 했다. 어떤 면에서는 폴의 말이 맞았다. 우리에겐 이렇다 할 증거가 없었다. 내가 아멜린의 입이 될 수도 없었다. 내 이야기는 어떤 효력도 없을 테니까. 아멜린을 설득해서 직접 말하게 해야 했다.

나는 이 자리에 없는 마농을 제외하고 다른 아이들에게 이 생각을 전했다. 그리고 아이들의 동의를 받아 아멜린에게 만나자는 문자 메시지를 보냈다. 직접 얼굴을 보고 이야기해야 아멜린이 내 의견을 받아들일 확률이 높아질 테니까. 답장을 기다리는 동안, 마농에게도 상황을 설명해야겠다는 생각이 들었다. 학교를 구석구석 헤맨 끝에 건물 뒤편 벽에 기대앉아 있는 그 애를 발견했다.

"저기, 괜찮아?"

내가 걱정스런 목소리로 묻자 깜짝 놀란 마농이 코를 훌쩍이면서 손등으로 뺨을 닦았다. 눈이 충혈되어 있었다. 나는 조심스럽게 다가가 마농 옆에 앉았다. 그 애를 안아 주고 싶었지만 어색해서 자꾸 머뭇거리기만 했다.

"폴이 한 말 때문에 그래? 신경 쓰지 마. 걔는 미친놈이잖아. 네가 쳐다볼 가치도 없는 녀석이고……."

마농이 슬픈 미소를 지었다. 나는 계속 말을 이었다.

"마농, 이미 알고 있겠지만……. 너, 엄청 예뻐. 센스라고는 눈곱만큼도 없는 멍청이가 예쁜 사람을 알아볼 줄 모른다고 해서 자신감을 잃어선 안 돼."

마농이 살짝 웃더니 나지막하게 말했다.

"고마워. 그런데…… 그것 때문에 운 거 아니야."

"아, 그래?"

"아무한테도 말하지 않겠다고 약속할 수 있어? 누가 알게 되는 거 정말 싫거든."

나는 침을 꿀꺽 삼키며 고개를 끄덕였다.

"폴은……, 사흘 전까지 내 남친이었어. 아무도 아는 사람은 없었지만. 걔는 우리가 사귄다는 사실을 공개하는 걸 싫어했거든. 비밀스러운 관계가 더 좋다고, 훨씬 자극적이라고 했지. 사실 걔는 내가 부끄러웠던 거야. 게다가 사람들은 항상 나한테 남자애가 관심을 가져 주는 것만으로도 고마워해야 한다고 했어. 그 애가 떠나지 못하게 뭐든 해야 한다고……. 그래서 나도 우리가 사귀는 걸 비밀로 한 거야."

나는 너무 놀라서 입을 다물 수가 없었다. 이건 말이 안 되는 얘기라는 생각이 들었다. 어쩌다 폴 같은 애랑 사귀게 되었는지 도저히 이해할 수가 없었다. 마농은 내가 놀랐다는 걸 눈치채고는 찬찬히 말을 이었다.

"우리 둘만 있을 때는 착하게 굴어. 배려심도 있고."

"뭐, 그래. 어느 정도까지는 그렇겠지. 그래도 그 애는 폴 뮐러잖아. 그 악명 높은……."

"그 애가 등신 같다는 거…… 나도 알아. 그래도 날 위해 변할 수 있을 거라고 믿었어. 그런 얘기 많이들 하잖아. 한 남자가 운명의 여자를 만나면 변하게 된다고……."

나는 정신이 혼미해졌다. 그런 애 때문에 마농이 시간 낭비를 했다는 사실이 그저 안타깝기만 했다.

"수요일에 수업 거부 운동에 동참하면서 내가 먼저 차 버렸어. 아멜린에 대해 진지하게 이야기를 시도해 봤는데 설명을 제대로 못하지 뭐야. 단순히 다른 여자애한테 끌렸다는 게 아니잖아. 동의도 없이……, 함부로 여자애의 몸을 만진 거잖아. 구역질이 났어. 이제 남자애 때문에 울지 않을 거야."

마농이 다시 훌쩍거리기 시작했다.

"그런 바보 멍청이 때문에 우는 건 안 될 일이지."

"그래서 지금 여기에 있는 게 좋아. 진짜로 아멜린을 돕고 싶거든. 그 애가 거짓말을 하지 않았다는 걸 알아. 그 자식은 정말 쓰레기야."

나는 마농을 조금이나마 안심시켜 주고 싶었다.

"우리는 할 수 있을 거야. 한 팀이잖아."

"마르탱도 함께."

마농이 웃으며 덧붙였다.

"그래, 마르탱도 함께."

우리는 자리에서 일어나 동아리 방으로 돌아갔다. 마농의 마음은 어떤지 모르겠지만, 내 마음은 한결 가벼워졌다. 하루하루 시간이 지날수록 이 아이들이 매우 소중하게 느껴졌다. 이들이 행복해하고 안심하는 모습을 보는 게 기뻤다.

그때 주머니 속에서 휴대폰 진동음이 울렸다. 아멜린이 오후 4시에 학교 앞으로 오겠다고 했다. 이제 그 애를 설득하는 일만 남았다.

운명의 시간

"너는 생리할 때 아프지 않아?"

점심을 먹고 나서 동아리 방에 누워 있을 때 카일라가 다가와 이렇게 물었다.

"음, 별로. 불편하긴 한데 생리통은 없어."

"우아! 나는 허리가 끊어지는 것마냥 아픈데. 생리를 할 때마다 찜질 팩이랑 담요로 무장한 채 디즈니 영화를 보면서 시간을 죽여. 사실 하루 종일 꼼짝도 못 하거든."

이네스가 우리 대화에 끼어들었다.

"그거 정상이 아냐. 병원에 가 봤어? 우리 언니도 그런 증세가 있었는데, 의사가 몇 년 동안 진경제만 처방해 줬거든. 그러다가 이사를 해서 다른 병원에 갔더니 자궁 내막증 진단이 나왔다지 뭐야?"

그 말에 카일라가 눈썹을 찌푸리며 나지막이 말했다.

“잘 모르겠어. 자궁 내막증 진단을 받았다는 여자애들 얘기를 듣긴 했는데……. 나도 그 병일 확률이 얼마나 될까?”

“여자 열 명 중 한 명.”

“뭐? 장난 아니게 많네. 나도 얼른 다른 병원에 가 봐야겠어.”

나는 걱정스러운 듯이 말하는 카일라의 어깨를 토닥여 주었다.

오후가 되자 하늘이 조금씩 흐려지기 시작했다. 우리는 동아리 방에서 할 수 있는 일들을 하면서 시간을 보냈다. 전날 저녁은 마음 편한 파자마 파티 분위기였는데, 지금은 그때와 또 다른 느낌이었다.

마농이 건네주는 과자 상자를 받고 있을 때, 마르탱이 동아리 방으로 들어왔다. 다큐멘터리 편집을 멋지게 하기 위해 학교 곳곳의 스케치 촬영을 다녀온 참이었다.

마르탱이 문 옆에 있는 자기 침낭 위에 털썩 주저앉더니 대화에 끼어들었다.

“무슨 얘기 하고 있었어?”

“생리통 얘기.”

이네스가 대답했다.

“네가 완전 관심 있어 할 주제지?”

카일라가 장난스럽게 말하자 마르탱이 이마를 찡그리며 대답했다.

“당연하지. 난 페미니스트잖아!”

잠시 침묵이 이어졌다. 페미니스트라는 말이 마르탱의 입에서 나오자 왠지 조금 다르게 들렸다. 언뜻 보기에도 불편한 기색이 역력한 마농이 목을 가다듬으며 말했다.

"남자는 페미니스트가 될 수 없다고 생각해."

"왜?"

마르탱이 어리둥절한 표정으로 되물었다.

나 역시 왜 그런지 궁금했다. 남자들이 우리 편이면 좋은 일 아닌가? 우리가 전진하려면 남자들의 지지도 필요하니까.

"남자들이 전혀 필요하지 않다는 뜻은 아니야. 하지만 '페미니스트'라는 용어를 그들에게 쓸 수는 없다는 거지. 페미니즘이란 성차별주의에 대항하는 운동이니까. 성차별주의는 남자들을 여자들보다 우위에 두는 시스템이지. 그러니까 마르탱, 엄밀히 말하면 너는 페미니스트가 될 수 없어. 남자인 너 자신을 반대한다는 뜻이 되니까. 그건 말이 안 되잖아? 페미니스트가 된다는 건…… 여자이기 때문에 겪게 되는 많은 문제들, 예를 들어 남자보다 월급을 적게 받거나 집안일을 강요받는 것과 같은 문제에 맞서 싸우는 것이기도 해. 남자들이 제대로 알지 못하는 불평등이지. 너는 우리를 도울 수 있고, 우리도 네 도움이 필요해. 하지만 남자이기 때문에 '페미니스트'가 될 수는 없다는 얘기야."

마르탱은 자못 당황한 것 같았다. 마농의 말을 잠자코 듣고 있었지만 납득하는 것 같지는 않았다.

클라라가 덧붙여 말했다.

"네가 친구들이랑 식당에 갔다고 생각해 봐. 주문한 음식이 나와서 그걸 맛있게 먹었어. 아주 만족스러웠지. 그런데 옆 테이블에서 똑같은 걸 시켰는데, 음식이 완전 별로인 데다 역한 냄새까지 나. 그걸 먹었다가는 탈이 날 게 분명한 거야. 넌 그게 부당하다는 걸 잘 알고 있어. 그렇다고 네가 음식을 제대로 먹지 못했다고 말할 수는 없잖아. 물론 요리사에게 항의하는 옆 테이블의 사람을 도와줄 수는 있겠지. 네가 직접 겪은 건 아니어도 '저 사람들 말이 맞아요. 아까 우리가 먹은 음식과 달라요.'라고 말해 줄 수는 있으니까. 바로 그게 페미니스트 운동에 함께하는 남자의 자리야. 여성들에게 말할 기회를 주고, 주인공 자리를 빼앗지 않으면서 지지해 주는 거. 식당 안에서는 잘 먹고 아무 말도 하지 않다가 밖에 나와서야 옆 테이블 음식이 형편없었다고 말하는 게 아니라……."

"그럼 난 뭘 해야 되는데?"

마르탱이 묻자 마농이 한숨을 내쉬었다.

"글쎄……, 다큐멘터리 촬영만으로도 이미 잘하고 있어. 우리가 원하는 대로 말하고 행동하게 내버려 둔 채, 앞으로도 계속 함께한다면 더 좋겠지. 일상생활 속에서 직접 행동할 수도 있고. 예를 들어 성차별적인 농담을 듣거나 누군가 여자들에게 무례하게 행동할 때 그러면 안 된다고 말할 수 있잖아. 다른 사람들에게 생각할 기회를 주는 거지."

이네스가 결론을 내렸다.

"우리는 남자애들의 도움이 필요해. 단지 그들이 우리를 대신할 필요는 없다는 것뿐이지."

또다시 정적이 감돌았다. 마르탱은 결국 수긍을 했다.

"알았어. 이제야 너희가 처음에 왜 날 원하지 않았는지 이해가 가."

마농이 웃으며 대꾸했다.

"다행히 우리가 빨리 마음을 바꿨지."

이제껏 이루지 못했던 단합이 비로소 되는 느낌이었다. 그 모습을 보고 있으니 행복감이 밀려왔다. 우리는 조금씩 앞으로 나아가고 있었고, 나는 더 많은 것을 배워 나갔다.

그때 침낭 속에 있던 휴대폰에서 진동음이 울렸다. 오빠가 사진 한 장을 첨부해 문자 메시지를 보냈다.

우리 생각에 보강이 좀 필요할 것 같아서!

사진을 확대해 보니, 교문 앞에 다시 바리케이드가 세워져 있었다. 오빠가 와서 폴 릴러 패거리가 치워 버렸던 것들을 제자리에 돌려놓은 모양이었다. 그것도 일요일 대낮에! 우리 오빠는 제정신이 아닌 게 분명했다. 물론 좋은 쪽으로!

아멜린과 만나기로 한 시각까지는 좀 더 기다려야 했다. 그사이 아이들은 낮잠을 잤다. 학교 측에서는 5시에 교장실에서 만나자는 메일을 보내왔다. 식은땀이 흘렀다. 대면을 해야 한다는 것 때문이 아니었다. 선생님들이 이 일을 꼬투리 잡아 학교 생활 기록부에 나쁜 내용이라도 적으면 어쩌지? 불안감이 엄습했지만 애써 고개를 저었다. 지금은 아멜린을 설득하는 게 먼저였다.

드디어 운명의 시간이 다가왔다. 다른 아이들도 함께 가고 싶어 했지만 혼자 가는 게 낫겠다고 이야기했다. 4시 10분 전, 동아리 방에서 나왔다. 먹구름이 잔뜩 끼어서 그런지 바깥은 벌써 어둑어둑했다. 소나기가 내릴 것 같았다. 교문 앞으로 간 뒤, 커다란 쓰레기통들 뒤에 숨은 채 아멜린을 기다렸다. 그 애한테서 도착했다는 문자 메시지를 받고 나서야 밖으로 슬며시 모습을 드러냈다.

아멜린이 철책 뒤에 있는 나를 보고는 천천히 다가왔다. 색이 바랜 트레이닝복을 입고, 후드로 머리카락을 가리고 있었다. 일요일의 휴식을 만끽하다가 나온 모양이었다. 기분이 이상했다. 아멜린은 이 모든 일의 중심에 있는데도 정작 한 발짝 뒤로 물러나 있었다.

"안녕."

"잘 지냈어?"

아멜린은 내 눈을 피했다. 여기에 오고 싶지 않았거나, 오래 있고 싶지 않은 것 같았다.

"날 왜 보자고 한 거야?"

아멜린이 곧바로 물었다. 나는 숨을 깊이 들이마셨다. 절대로 실패해서는 안 되는 순간이었다.

"한 시간 후에 교장 선생님을 만나기로 했어. 이번에는 우리 이야기를 더 잘 들어 주실 것 같긴 한데, 그렇다고 쉽사리 생각을 바꾸실 것 같지는 않아. 그래서 네가 우리와 함께 교장 선생님을 만나서 그 사건을 다시 얘기하는 게 좋겠다고 생각했어. 그때 나한테 말해 줬던 것처럼 말이야."

아멜린이 바닥을 내려다보며 팔짱을 꼈다. 좋은 징조가 아니었다.

"너한테 이미 다 이야기했잖아. 너는 그걸 녹음까지 했고."

"그 전에 녹음을 멈춰서 파일 같은 건 없어."

아멜린의 침묵은 나쁜 예감을 더 확고하게 만들어 줬다. 그 애는 나를 쳐다보지 않았고, 심지어 몇 발짝 뒤로 물러섰다. 그러고는 목소리를 가다듬으며 말했다.

"난…… 잘 모르겠어. 좋은 생각이 아닌 것 같아. 그냥 모든 걸 다 잊고 싶어. 학교 점거만 해도…… 좀 심한 것 같지 않아?"

그 말을 듣는 순간, 심장이 땅으로 곤두박질치는 것 같았다. 충격에 휩싸여 뭐라고 반박할 수도 없었다. 아멜린은 우리와 생각이 다른 걸까? 내가 잘못 생각했던 건가? 수업 거부 운동을 시작했던 날 저녁에는 그래도 좋아했던 것 같은데……. 그래서 당연히 점거 농성도 지지할 줄 알았다.

아멜린이 말을 이었다.

"사실 그렇게 심각한 것도 아니야. 남자애들은 원래 그렇잖아. 어쨌든 난 다른 학교에 전학 수속을 마쳤고 인스타그램 계정도 지웠어. 그럼 더는 문제없는 거잖아. 내 잘못도 조금 있긴 했지. SNS에 사진 업로드한 거 말이야. 그래도 나를 옹호해 주려고 했던 건 고마워, 라셸."

아멜린은 슬픈 미소를 짓고는 손을 흔들며 천천히 멀어졌다. 나는 온몸이 굳은 채 철책만 붙들고 서 있었다. 심장이 바스라지는 듯했다. 아멜린 없이는 이 모든 게 아무 소용이 없었다. 그 애가 더 이상 문제 삼고 싶지 않다면 점거 농성을 이어 갈 이유도, 명분도 없으니까.

천둥소리에 겨우 정신을 차리고는 부랴부랴 동아리 방으로 돌아왔다. 모두가 궁금증이 가득한 얼굴로 나를 뚫어져라 쳐다봤다.

나는 참담한 표정으로 고개를 가로저었다.

"그 일을 잊고 싶대. 학교를 점거한 것에도 동의하지 않더라고. 자기 잘못도 있다면서."

"뭐? 그건 아니지! 자기가 피해자면서 왜 그렇게 생각하는 거야? 걔한테 누가 그런 생각을 집어넣은 거냐고!"

마농이 따지듯 말했다.

"모르겠어. 부모님이나 다른 아이들, 어쩌면 모두가 그랬겠지. 너희는 어떻게 생각할지 모르겠지만, '그 여자애가 빌미를 줬다.'는 말도 있잖아."

"그래도 협상하러 가는 거지?"

이만이 물었다. 늘 작았던 목소리가 전에 없이 크고 또렷했다.

"뭘 협상해? 아멜린은 전학을 간다잖아. 자기를 희롱한 아이들 곁으로 다시는 오고 싶지 않을 거라고. 폴 뮐러랑 그 친구들이 학교 안에서 무슨 짓을 했는지 밝힐 수 있는 증거도 없잖아. 게다가 교장 선생님은 인터넷상의 일들은 들으려고 하지도 않으실 거고, 학교 측에서는 집으로 돌아가라고 요구할 거고. 우리는 결국 그렇게 하는 수밖에 없겠지. 결코 정의를 되찾지 못할 테니까. 아멜린은 그 정의조차 원하지 않잖아."

곧이어 번개가 치면서 폭우가 쏟아지기 시작했다. 나는 지쳐서 자리에 털썩 주저앉았다. 아무 생각도 나지 않았다.

"가지 말자."

카일라가 단호하게 말했다.

"무슨 말이야?"

"교장 선생님 만나는 거. 우리가 꼭 가야 할 필요가 있을까? 가겠다고 답한 것도 아니고. 이상적인 해결책은 아닐 수도 있겠지만 그게 점거 농성을 이어 갈 수 있는 유일한 방법이야."

마농이 찬성하며 거들었다.

"그건 맞는 말이야. 그 자식들이 그냥 빠져나가게 둘 수는 없어. 이제는 성추행에 대해 이야기하는 거야. 처벌을 받지 않는다면 그 애들은 또 그렇게 행동할걸."

"이제 아멜린은 언급하지 말자."

이네스의 제안을 듣고 내가 덧붙여 말했다.

"사실 우리가 아멜린을 직접 언급한 적은 없어. SNS나 언론에다가는 익명을 썼으니까."

마농이 맞장구를 쳤다.

"그렇지! 만약에 아멜린이 자신에게 일어난 일이 자기 탓이라고 생각한다면, 그건 우리가 분명하게 행동하지 않았기 때문일 거야. 그게 얼마나 나쁜 일인지 우리가 보여 주지 못한 거지. 우리가 발언과 요구를 더 명확하게 하면, 사람들도 결국 이곳에서 일어난 일이 얼마나 잘못된 것인지 알게 될 거야. 라셸, 괜찮지?"

나는 마농에게 환하게 웃어 주었다. 이들이 있어서 얼마나 다행인지! 그렇지 않았다면 진작에 모든 걸 포기했을 것이다. 나는 겁쟁이니까.

그때 마르탱이 갑자기 입을 열었다. 모두의 시선이 마르탱에게로 집중되었다.

"어쩌면 우리가 아직 생각해 내지 못한 방법이 있을 수도 있어. 폴이 자백하도록 만드는 거."

나는 확신에 찬 목소리로 반박했다.

"걔는 아무 말도 안 할 거야."

"만약에 폴이 평소에 그렇게 행동했다는 구체적인 증거나 그 애를 압박할 만한 다른 사건이 있다면, 자기 행동을 스스로 인정하도록 만들 수 있을 거야. 이제부터 조사를 해 봐야겠어."

"폴 뮐러에 대한 탐사 보도를 하고 싶다는 거지?"

"정의의 사도인 기자로서 누릴 수 있는 이런 영광스러운 순간을 내가 얼마나 기다렸는지 너희는 모를걸."

"당연히 그러시겠지. 할 수 있을 것 같으면 해 봐. 근데 그러려면 밖으로 나가야 하는 거 아니야?"

마농이 웃으며 물었다. 그러자 마르탱이 고개를 끄덕이며 나를 돌아보았다.

"라셸, 다큐멘터리 촬영 맡을 수 있겠어?"

나는 얼른 고개를 끄덕였다. 마르탱이 엄숙한 얼굴로 자기 카메라를 내게 건넸다. 그 행동에는 보이는 것보다 더 많은 뭔가가 담겨 있었다. 뭐라고 설명하기는 어렵지만 분명히 그런 게 있었다.

위험한 경고

우리는 결국 교장실에 가지 않았다. 폭우가 거세게 쏟아지고 있었기 때문에 동아리 방에서 꿈쩍하고 싶지 않았다. 하지만 마르탱을 밖으로 내보낼 방법은 찾아야 했다. 사실 담장을 뛰어넘는 수밖에 없었다. 의외로 마르탱은 자신만만해했다.

"이네스가 손으로 받쳐 주면 너끈히 올라갈 수 있을 거야."

나는 마르탱을 믿고 싶었다. 일단은 폭우가 잠잠해질 때까지 기다렸다. 그런데 내 걱정은 이것뿐만이 아니었다. 조금 전에 오빠와 문자 메시지를 주고받았는데, 엄마가 여전히 노여워하고 있다는 소식을 전했다. 오빠가 엄마를 설득하려 애써 봤지만 헛수고였다는 것이다. 엄마는 조금도 이해하려 들지 않았다나.

마음이 너무나 아팠다. 엄마는 화를 내는 걸로 걱정을 표현하는 건지도 모르지만 나로서는 잘 이해가 되지 않았다. 딸이 위험할 수도 있는 상황에 처해 있는데……. 차라리 이 점거 농성을 계속하는 편이 낫겠다는 생각마저 들었다. 이렇게는 집에 들어가고 싶지 않았다.

어쨌든 지금은 마르탱을 밖으로 내보내는 일에 집중해야 했다. 바람막이를 입고 다른 애들과 함께 담장 쪽으로 갔다. 마농, 이네스, 마르탱, 그리고 나, 이렇게 네 명이서. 다들 비를 맞지 않으려고 고개를 푹 숙이고 걸었다.

이윽고 담장 아래에 도착하자 마농이 마르탱에게 당부했다.

"뭐라도 찾아내면 곧장 우리에게 연락해."

"알았어, 걱정 마."

"그리고 조심해! 폴이 너한테 달려들지는 않겠지만."

마르탱이 씩 웃었다.

"너도 조심해. 아니, 너희도."

마르탱이 당황하며 말을 더듬었다. 순간, 확실히 깨달았다. 저렇게 티가 나는데도 여태 눈치를 못 챘다니! 나는 마르탱이 담장 위로 올라가기를 기다렸다. 우리 중에서 키가 가장 큰 이네스가 마르탱의 발을 손바닥으로 받칠 준비를 했고, 내 절친은 담장 위로 뛰어오르기 위해 힘차게 도약을 했다. 첫 번째 시도는 실패했다. 몇 번 더 시도한 끝에 마르탱은 가까스로 담장 꼭대기를 붙잡았다. 그때부터 우리 모두 힘을 모아 녀석을 높이 들어 올렸다.

담장 위에 올라간 마르탱이 우리에게 손짓을 하며 인사를 건넸다. 마농과 이네스는 손을 흔든 뒤 돌아섰지만, 나는 그 자리에 한참 동안 우두커니 서 있었다.

"안 가?"

"갈 거야."

마르탱이 이마를 찌푸렸다. 빗물이 양말로 스며들기 시작했다. 하지만 얼굴에 웃음이 번지는 걸 막을 수는 없었다. 여자애들이 멀어지길 기다렸다가 나지막이 말했다.

"너, 쟤 좋아하지?"

"뭐?"

"마농 좋아하잖아!"

마르탱의 표정이 딱딱하게 굳었다.

"말도 안 되는 소리. 마농이 착하긴 하잖아. 그뿐이야."

"삥치시네. 마농이 착하긴 뭘 착해? 계속해서 널 열받게 하는데. 네가 그냥 두고 보는 게 어째 이상하다 했어."

"그냥 두고 보지 않았어! 난 페미니스트들의 입장을 지지하는 남성의 역할을 성실하게 수행하고 있는 거라고."

"마농 좋아하잖아."

"라셸, 괴롭히지 좀 마. 난 갈 테니까 넌 계속 거기 있든지 말든지."

마르탱이 담장 너머로 서둘러 사라지는 걸 보며 속으로 웃음을 터뜨렸다. 녀석이 아무리 거짓말을 해도 소용없었다. 이미 녀석의 꿍꿍이를 다 알아챘으니까.

저녁 시간은 조용하게 지나갔다. 학교 측에서는 어떤 연락도 없었다. 좋기도 하고 나쁘기도 했다. 일찍 잠자리에 들었지만 쉬이 잠이 오지 않았다. 학생들이 등교하기 전에 움직일 수 있도록 알람을 다음 날 6시에 맞춰 두었다. 무슨 일이 기다리고 있을지 전혀 알 수가 없었다.

내 휴대폰 알람에 이어 울린 여섯 개의 다른 알람 소리가 깊은 잠에서 깨어나게 했다. 맨바닥에 침낭을 깔고 자서 편치 않았는데도 심리적으로 너무 지쳐 있었던 탓인지 꽤 깊은 잠을 잤다. 아직 날이 채 밝지 않았다.

우리는 한참 동안 아무 말도 하지 않았다. 휴대폰 불빛만이 우리를 아스라이 비추었다. 카일라가 전등을 켜자 비로소 시간이 앞으로 나아가는 듯했다.

나는 눈을 마구 비볐다. 어젯밤에 잠들기 전부터 배 속에 무거운 돌덩이가 들어앉아 있는 듯한 기분이었다. 오늘은 힘든 날인 동시에 결정적인 날이었다. 학교 측에서 별다른 공지를 하지 않았으므로 학생들은 정상적으로 등교를 할 것이다. 그러면 무슨 일이 일어날까? 폴 뮐러 패거리와 같은 생각으로 학생들이 바리케이드를 치워 버릴 수도 있겠지. 그렇다면 우리는 뭘 해야 할까?

클라라가 기운을 내기 위해선 뭐라도 먹어야 한다고 했다. 하지만 목이 메어 아무것도 삼킬 수가 없었다. 옷을 갈아입고 세수를 하는 게 낫겠다 싶어서 밖으로 나갔다. 깨끗한 팬티가 하나밖에 남지 않았다. 점거가 계속된다면 오빠에게 옷가지를 가져다 달라고 하는 수밖에 없을 듯했다.

어제 입었던 티셔츠로 얼굴의 물기를 대충 닦고 있을 때, 이네스가 화장실로 불쑥 들어왔다. 작은 파우치를 열어 브러시와 아이섀도, 파운데이션을 꺼낸 뒤 차례차례 얼굴에 바르기 시작했다. 나는 감탄 어린 눈길로 바라보다가 이렇게 물었다.

"너, 화장 진짜 잘한다. 어디서 배웠어?"

"유튜브에서 동영상 보고 배웠어. 몇 번 하다 보니까 늘더라고."

"난 절대로 못할 거 같아. 어쨌든 매일은 못하겠어."

이네스가 거울에 비친 자기 모습을 바라보며 어깨를 으쓱했다.

"그럴 수도 있지. 난 화장하는 거 좋아해. 얼굴에 그림을 그리는 것 같거든."

이네스의 손놀림은 섬세하면서도 재빨랐다. 화장 순서를 뼛속 깊이 알고 있는 것처럼 한번 스친 곳은 다시 만지지 않았다. 마치 완벽하게 조절된 기계 같아서 홀린 듯이 넋을 잃고 바라보았다. 갑자기 궁금한 게 생겨서 조심스럽게 물어보았다.

"혹시 너도 지적받은 적 있어?"

"어떤 걸로?"

"화장하는 거 때문에."

"그럼, 항상 있지. 한번은 어떤 선생님이 나한테 립스틱을 지우고 오라고 하신 적도 있는걸. 그리고 뭐, 화장을 안 하면 훨씬 더 예쁠 거라나. 이런 말은 늘상 듣는 거고."

이네스가 파우치를 뒤져서 마스카라를 꺼내 나에게 건넸다.

"너도 해, 라셸. 예뻐질 거야. 우리는 오늘 성차별주의에 맞서는 전쟁에 나설 거잖아."

예상대로 날이 밝자 학생들이 속속 등교했다. 우리를 보고 어떤 반응을 보일지 몰라서 일단 뒤로 물러나 있었다. 바리케이드를 건드리지 않거나 아예 부숴 버리거나, 둘 중 하나일 터였다. 우리는 SNS에 올라오는 사진들을 관찰했다. 그리고 성명서를 새로 올렸다. 학교는 여전히 점거되어 있으며, 학교 측에서 결정을 번복하지 않는 한 지속할 거라고 밝혔다. 사람들은 우리를 욕하며 이기적이라고 비난했다.

상황은 8시부터 바뀌기 시작했다. SNS에 올라온 라이브 방송을 보니, 토요일 아침보다 훨씬 더 많은 사람들이 교문 앞에 모여 있었다. 선생님들과 행정실 직원들의 모습도 보였다. 남자애들은 카메라를 향해 래퍼들이 하는 손짓을 해 보이기도 했다. 그때 여자애 한 명이 교문을 막은 쓰레기통 위로 올라갔다. 클라라가 뭔가를 알아챈 듯 급히 소리쳤다.

"앗! 쟤, 아멜린 친구야!"

여자애가 뭐라고 소리를 질렀지만 사람들이 웅성거리는 소리 때문에 들리지 않았다. 잠시 후, 주위가 좀 조용해지자 여자애 목소리가 또렷이 들렸다.

"내 얘기 좀 들어 봐! 지금 정상적인 수업을 할 수 없다는 사실 외에도 엄청나게 중요한 일이 벌어지고 있어. 저 안에는 우리 학교가 여자애들에게 보다 안전한 곳이 될 수 있도록 하기 위해 싸우는 애들이 있어. 저 아이들을 지지해 줘야 해."

웅성거리는 소리가 더 커졌다. 여자애는 상체를 숙여 누군가의 이야기를 듣더니 다시 말을 이었다.

"좋아. 지금 누군가 이건 공평하지 않다는 얘기를 했어. 학교 점거에 관해 학생들에게 의견을 묻지 않았다는 거야. 지금이라도 투표를 하는 게 어때?"

클라라가 그 소리를 듣고 인상을 팍 썼다.

"지금 투표를 해서 뭐 해? 이미 점거를 했는데."

"우리에게 정당성을 부여할 수는 있지."

내 말에 클라라가 고개를 갸웃했다.

그때 영상 속 여자애가 말했다.

"일단 거수로 해 보자. 인원 수를 세어 줄 사람이 필요한데 누가 좀 도와줄래?"

마침 라이브 방송이 끊기는 바람에 모두 긴장하기 시작했다. 다른 학생들의 지지를 받는다면 우리의 점거 농성이 마침내 큰 의미를 갖게 될 것이다. 어쩌면 구체적인 결과를 얻을 수 있을지도 모른다. 하지만 그 반대의 경우라면…… 어떤 일이 벌어질지 감을 잡을 수가 없었다.

잠시 후 라이브 방송이 다시 켜졌다. 쓰레기통 위의 소녀는 더 이상 혼자가 아니었다. 두 명의 여학생과 한 명의 남학생이 옆에 자리하고 있었다. 여자애는 어느새 메가폰을 손에 쥐고 있었다.

"투표를 할 거야! 손을 들어서 대답해 줘. 자, 먼저 기권이야. 점거를 찬성하지도, 반대하지도 않는 사람을 가리키는 거야. 준비됐어?"

초조하고 무서웠다. 기권을 하는 학생들이 머뭇거리며 손을 들었다.

"좋아, 그럼 반대하는 사람은?"

훨씬 더 많은 수의 손이 하늘로 치솟았다. 모인 사람들 가운데 어느 정도나 되는지는 가늠할 수가 없었다. 하도 떨려서 심장이 멎을 것만 같았다. 얼핏 봐서는 우리가 진 듯했다.

"이번에는 찬성하는 사람?"

정말이지 비현실적이었다. 손을 든 사람들의 모습이 빽빽하게 보였다. 아스트리드와 이만은 기쁨을 주체하지 못하고 소리를 마구 질렀다. 저렇게 많은 학생들이 찬성하다니! 믿을 수가 없었다. 어쩌면 단순히 수업에 빠지고 싶어서 그러는 걸지도 몰랐다. 하지만 꽤 많은 학생이 아멜린에 대해, 그리고 그동안 일어났던 일에 대해 걱정하고 있는 거라고 믿고 싶었다.

클라라가 나를 덥석 끌어안았다. 행복함을 표현하는 그 애만의 방식이었다. 그제야 우리는 안도의 숨을 내쉬었다.

그러나 행복한 시간은 오래가지 못했다. 휴대폰 진동음이 울리기 시작했다. 학교 측에서 우리에게 이메일을 보내온 것이다. 메일의 내용은 이랬다.

친애하는 학생 여러분.

학교 건물에 대한 불법 점거 때문에 오늘 수업은 중단되었습니다. 그러나 이 상황이 더 오래 지속되도록 가만히 두고 볼 수는 없습니다. 우리는 모든 수단을 동원하여 내일부터는 정상적인 수업이 진행되도록 노력할 것입니다.

대화를 통해 합의점에 이르고자 했지만. 불법 점거 농성 중인 학생들은 대화를 거부하고 있습니다. 이에 우리는 최대한 빨리 이 상황을 정상으로 돌리고자 경찰을 개입시킬 수밖에 없음을 밝힙니다.

지금 학교 앞에 모인 학생들을 비롯해서 교직원들은 당장 귀가해 주시길 간곡히 부탁드립니다.

– 올랭프 드 구주 고등학교 교장 드림

불시에 벌어진 일

나는 상황의 심각성을 실감하지 못했다. 휴대폰 화면을 노려보며 이메일을 읽고 또 읽었다. 글자들이 무의미하게 흩어진 채 머릿속에 하나하나 찍혔다. 그러다 전기가 통하듯 온몸이 찌릿하더니 우리를 기다리고 있는 게 무엇인지 깨닫게 되었다. 귀가 윙윙거리면서 머리가 빙빙 돌기 시작했다.

"우리, 이제 어떡해?"

아스트리드가 동아리 방을 무겁게 짓누르던 침묵을 깨었다.

나도 어떻게 해야 할지 알 수가 없었다. 학교 측에서 허세를 부리는 게 아닐까? 교장 선생님이 우리를 내쫓겠다고 경찰을 들여보내지는 못할 것이다. 우리는 범죄자가 아니니까! 평화적인 방법으로 학교를 점거했을 뿐이다. 게다가 여기에는 아직 만 열여섯 살밖에 안 된 어린 여자애들도 있었다. 젠장, 내가 지금 무슨 생각을 하는 걸까? 우리 모두 어리다고!

"어떻게 해? 밖으로 나가?"

카일라가 겁에 질린 표정으로 물었다.

"나도 몰라! 경찰들이 벌써 학교 앞에 와 있을 수도 있어."

마농이 초조한 얼굴로 소리쳤다.

"으, 안 돼. 유치장에 갈 수는 없어. 부모님이 아시면 날 죽이려 드실 거야."

이만이 공포에 질린 듯 머리를 흔들며 말했다. 클라라는 아이들을 진정시키려고 애를 썼다.

"불안해하지 마. 아무 도움이 안 돼."

그러자 카일라가 화를 냈다.

"이 상황에서 어떻게 불안해하지 않을 수가 있니? 경찰을 부른다잖아. 젠장! 그 경찰들이 교문 앞에 죽 늘어서 있다가 우리를 친절히 집에 데려다주겠어?"

입술이 바싹 마르고 온몸이 덜덜 떨렸다. 침착함을 잃은 아이들을 보니 이번에도 내가 나서야 할 것 같았다. 일단 자리에서 일어나 오빠에게 전화를 걸었다.

"그래, 라셸."

"오빠, 교장실에서 경찰을 불렀대."

목소리가 갈라지면서 눈물이 차올랐다.

"뭐?"

나는 금방이라도 울음이 터질 것 같은 목소리로 최대한 또박또박 말했다.

"그, 그 사람들이 겨……, 경찰을 불렀어. 우리를 내보내려고. 우린, 우린 지금 어떻게 해야 할지 모르겠어. 우리, 우린……."

"알았어, 라셸. 일단 진정해. 내가 바로 갈게. 알았지? 최대한 빨리 갈게. 내 말 잘 들어. 오빠 말 기억해? 저항하지 말고 협조해야 해. 울지 말고, 아무 말도 하지 마. 알겠지? 너희 모두 진정해야 해. 다 같이 침착하게 있어."

나는 대답 대신 고개를 마구 끄덕였다. 전화를 끊은 뒤에는 숨을 깊이 들이마시고 오빠의 조언을 되뇌었다. 교문 앞에 몰려 있던 사람들의 소리도, 거리의 자동차 소리도, 거센 바람 소리도 전혀 들리지 않았다. 나는 완전한 침묵에 빠져 버렸다.

아이들은 처음에는 오빠의 제안을 따르는 걸 탐탁지 않아 했다. 하지만 결국 그 방법밖에 없다는 사실을 받아들였다. 그러자 신기한 일이 일어났다. 아이들이 자발적으로 동아리 방을 정리하기 시작한 것이다. 우리가 머물던 공간이 정돈되자, 곧 닥칠 일을 우리 스스로 통제할 수 있을 것 같은 자신감이 생겼다.

침낭을 접어 한쪽에 차곡차곡 쌓아 두었다. 비축 식량은 대학생들이 가져다준 상자에 넣은 뒤 구석 쪽으로 밀어 두었다. 바닥이나 책상 위에 어질러져 있던 물건들도 각자 가방에 나누어 담았다.

양말을 신고 겉옷을 입은 뒤 책상 앞에 둘러앉아서 조용히 기다렸다. 아스트리드는 자기 언니 품에 안겨서 울고 있었다. 사실은 우리도 그 애처럼 겁이 났다. 하지만 마음을 차분히 가라앉히려고 쉼 없이 호흡을 가다듬었다.

그렇게 삼십 분쯤 지났을까. 오빠에게서 문자 메시지가 왔다. 학교 앞에 도착한 듯했다. 아까보다는 적은 인원이지만 여전히 사람들이 모여 있다고 했다. 답장을 쓸 힘이 없었다. 나를 관통하고 있는 감정들을 표현할 말을 생각해 보았다. 두려움, 아니 이건 거의 공포에 가까웠다. 혐오와 분노도 있었다.

지금까지 그 어떤 기다림도 이렇듯 길게 느껴진 적은 없었던 것 같았다. 경찰들이 언제 올지, 몇 명이나 올지, 그 뒤에 어떻게 될지 아무것도 예측할 수 없었다.

우리는 한 시간 넘게 말없이 앉아 있었다. 침묵의 농도가 짙어질수록 숨이 막혔다. 동아리 방이 우리를 몽땅 삼켜 버린 것만 같았다. 상자 속 덫에 걸린 생쥐들처럼 풀려날 때만을 기다리고 있었다. 그 해방이 또 다른 최악의 시작이라는 걸 알면서도.

이네스가 무릎 사이에 얼굴을 파묻었다. 나는 가끔 마농과 눈이 마주쳤는데, 그때마다 그 애는 슬픈 미소를 지어 보였다. 이럴 때 마르탱이 곁에 있으면 좋을 텐데……. 그 애는 우리의 주의를 분산시키려고 노력했을 것이다. 그때 오빠에게서 문자가 왔다. 나는 문자 메시지의 내용을 큰 소리로 알렸다.

"경찰들이 왔대."

몇몇이 고개를 끄덕였을 뿐, 아무도 대답을 하지 않았다. 오른쪽에 앉아 있던 클라라가 길게 한숨을 내쉬었다. 그 애의 손을 꽉 쥐었다.

그러자 마음이 한결 편안해졌다. 열린 문 너머로 철제 바리케이드와 쓰레기통을 치우는 소리가 들렸다. 사람들이 항의하는 소리도 어렴풋이 났다. 아무 일도 일어나지 않기만을 바랐다. 특히 우리 오빠에게는.

마치 롤러코스터를 타는 듯이 속이 울렁거렸다. 토할 것 같았다. 생각보다 시간이 오래 걸렸다. 클라라가 내 손을 더 꽉 잡았다. 마농은 바닥만을 내려다보고 있었다. 곧이어 교문이 열리는 소리가 들렸다. 우리는 하나같이 소스라치게 놀랐다. 진짜로 경찰이 온 모양이었다. 나는 눈을 꽉 감았다.

영화에서처럼 시간이 슬로 화면으로 지나갔다. 모든 감각이 예리해졌다. 아스팔트를 밟는 발자국 소리, 클라라가 깊게 탄식하는 소리, 이만의 불규칙한 숨소리가 차례로 들려왔다. 입안에서는 짠맛이 났다. 내 눈물의 맛이었다. 오빠가 울지 말라고 했는데……. 흐느낌을 애써 삼켰다. 경찰들의 경직된 목소리가 점점 가까워졌다. 나는 지금 두려움으로 똘똘 뭉쳐진 덩어리가 된 기분이었다.

잠시 후 눈을 떠 보니 그들이 와 있었다. 커다란 장화에 제복을 입고 헬멧을 쓴 채 진압 방패를 든 모습이었다. 저 제복 속에는 분명히 평범하기 짝이 없는 누군가가 있겠지. 일요일 오후에 카페라테를 들고 산책을 즐기는 걸 좋아하는, 한마디로 평화로운 삶을 사는 사람 말이다. 우리 아빠도 모든 걸 다 포기하기 전에는 저런 사람들 중 한 명이었다. 아빠는 경찰 일을 하면서도 밤이면 꼭 책을 읽어 주었는데…….

나는 두려움을 떨치려 애썼다. 저 남자도 우리 아빠처럼 좋은 사람일 거라고 생각하면서. 그러나 곧 그 사람이 존재하지 않는 것처럼 느껴졌다. 위협적인 실루엣만 보여서인지 너무나 무서웠다. 새로운 형체가 동아리 방으로 꾸역꾸역 들어왔다. 그때마다 같은 감정이 느껴졌다. 내 옆에 앉아 있는 이만의 숨소리가 점점 더 거칠어졌다. 손을 잡아 주었지만 아무 소용이 없었다.

이윽고 누군가 우리에게 명령했다.

"모두 두 손을 머리 위로 올려! 손이 다 보여야 한다."

우리는 거의 동시에 손을 위로 올렸다. 여기서 생각을 멈추고 그저 복종할 수 있도록 뇌의 스위치를 끄고 싶었다. 아마도 그건 생존 본능이었을 것이다. 경찰은 모두 아홉 명이었다. 그들 중 한 명이 내 뒤에 자리를 잡았다. 두려움이 한층 더 커졌다. 우리를 보호해 줘야 하는 사람들을 무서워하고 있다는 사실이 믿어지지 않았다.

"이제 자리에서 일어나. 말썽 부리지 말고 순순히 따라와. 알겠나?"

경찰이 다시 명령했다. 나를 계속 쳐다보고 있기에 순순히 고개를 끄덕였다. 내 뒤에 서 있던 경찰이 내 팔을 잡아 강제로 일으켜 세웠다. 우리에게는 다른 선택지가 없었기에 잠자코 그 말에 따랐다. 문가에 있던 마농이 먼저 동아리 방에서 나갔다. 나는 맨 마지막 차례였다.

시간이 흐르자 긴장감이 조금 사라졌다. 경찰들은 못되게 굴지도, 무례하게 굴지도 않았다. 폭력적인 모습을 보이지도 않았다. 그들이 우리를 유치장에 데려갈 거라는 생각만 빼면 그럭저럭 견딜 만했다. 어쩌면 과하게 겁을 먹은 건지도 모르겠다. 그렇다고 해서 끔찍한 기분을 느끼지 않았다거나 분노하지 않았다는 뜻은 아니다.

다만 지난 며칠 동안의 경험을 통해 내가 깨달은 건 긍정적인 생각은 그리 오래가지 않는다는 사실이다. 실제로 잠시 후 불시에 '그 일'이 일어났다. 바람 때문이었을까? 아니면 매듭이 풀렸던 건지……. 갑자기 이만의 히잡이 벗겨지고 말았다. 히잡은 뒤로 1미터쯤 날아가 클라라의 발아래 툭 떨어졌다. 클라라가 히잡을 주우려고 몸을 숙이자 '그 일'이 순식간에 벌어지고 말았다.

클라라를 따라가던 경찰이 그 애의 등을 발로 걷어찼던 것이다. 클라라는 그대로 바닥에 쓰러졌다. 손으로 땅을 짚고 일어나려 했지만, 경찰이 팔을 등 뒤로 꺾어 움직이지 못하게 만들었다. 나는 너무 놀라서 소리를 질렀다. 나도 똑같은 일을 당할 거라는 생각이 들었지만 아무 일도 일어나지 않았다.

클라라는 그저 이만을 도우려 했을 뿐인데, 땅에 엎드린 채 꼼짝도 할 수 없게 되었다. 옆에 있던 경찰이 폭력적인 행동을 막기 위해 내 어깨를 더 세게 붙잡았다. 나는 앞으로 가지 않으려고 안간힘을 쓰며 버텼지만, 경찰이 억지로 밀어서 클라라 앞을 지나칠 수밖에 없었다. 클라라를 붙들고 있던 경찰은 고함을 치며 욕설을 쏟아 냈다. 마음이 산산조각 나는 것 같았다.

우리는 정문을 통과해 학교 밖으로 나왔다. 익숙한 장소에 몇 년 만에 돌아온 것처럼, 학교 앞 보도를 밟는 게 참 어색하게 느껴졌다. 학교 안에서 고작 사흘을 보냈는데 바깥세상이 무척 낯설게 보였다. 갑자기 현실 세계로 돌아온 기분이었다.

먼저 나간 아이들이 승합차에 차례대로 올라탔다. 그 차에 마농이 타자마자 문이 닫혔다. 나는 두 번째 차에 이만과 함께 탔다. 당연히 클라라도 탈 것이라고 생각했다. 꽤 오래 기다렸지만 클라라의 모습은 끝내 보이지 않았다. 경찰 한 명이 나타나 문을 쾅 닫았다. 클라라는 어디로 간 거지? 나는 울고 있는 이만의 손을 꼭 잡았다. 잠시 후 차가 흔들리며 출발했다.

엄마와 딸

우리는 유치장에 갇히지 않았다. 경찰 간부는 학교 측에서 법적인 조치 없이 상황을 원만히 해결하고 싶어 한다고 설명했다. '모두를 위해서'라나? 이 문제가 법적인 공방으로 이어지면 여론이 악화될 수도 있어서 그런 걸까?

우리는 부모님들이 데리러 올 때까지 기다렸다. 나는 분한 마음이 들면서도 한편으로는 약간 자랑스럽기도 했다. 학교에서 점거 농성을 하다가 경찰들에게 내쫓긴 일이 제법 멋지다고 생각되었다. 학교 측은 우리가 두려운 나머지 경찰을 부른 셈이니까. 물론 엄마가 도착하는 즉시 내 인생 최고의 꾸중을 듣게 될 테지만.

클라라는 우리가 도착하고도 삼십 분쯤 지난 뒤에야 경찰서에 도착했다. 얼굴이 심각하게 굳어 있었다. 클라라는 문 옆에 있는 의자에 앉아서 팔짱을 낀 채 입을 꾹 다물고 있었다. 왠지 그 모습이 몹시 슬프게 느껴졌다. 닮은 구석이라고는 전혀 없는 일곱 명의 소녀가 같은 이상을 품고서 사흘 동안 함께했다. 그러나 결국 이렇게 낡아 빠진 경찰서 안, 눈부신 형광등 아래 모이는 신세가 되었다. 이보다 더 행복한 결말도 많지 않을까? 물론 이건 결말이 아니라 과정에 불과하겠지만.

잠시 후 부모님들이 연달아 경찰서 안으로 들어왔다. 아스트리드와 카일라의 엄마, 마농의 엄마, 이네스의 아빠가 왔다. 이만의 부모님은 두 분이 함께 왔다. 매번 같은 모습이 반복되었다. 몹시 당황한 얼굴의 부모님이 서둘러 들어와서는 자신의 딸을 부둥켜안은 채 밖으로 데리고 나갔다. 그 후에 무슨 일이 벌어지는지는 알 수 없었다. 어쨌든 부모님들이 일단 안심하는 모습을 보여 주었기 때문에 그걸로 끝이길 바랐다. 경찰서에 끌려오는 것도 모자라 부모님에게 꾸지람까지 듣는 고통까지 겪지는 않기를…….

마지막에는 클라라와 나만 남았다. 나는 조심스럽게 그 애 옆으로 옮겨 앉았다.

"괜찮아? 왜 이렇게 오래 걸렸어? 무슨 일이 있었던 거야?"

클라라가 조용히 대답했다.

"아무것도 아니야. 그냥 신원 확인."

나는 당황해서 눈썹을 찡그렸다.

"왜? 우리한테는 그런 거 안 물어봤는데?"

"진짜 몰라서 하는 소리야?"

나는 곰곰이 생각해 보았다. 머릿속에 떠오른 답은 한 가지뿐이었다.

"네가 흑인이라서?"

"아마도. 뭐, 확신할 수는 없지만 그럴 가능성이 높지."

나는 소름이 끼쳐서 고개를 마구 흔들었다.

"완전 미친 거 아냐?"

클라라는 어깨만 으쓱해 보였다. 내가 아는 한 그런 부당함 앞에서 무기력하게 있을 아이가 아니었다. 그러다가 문득, 며칠 전에 그 애가 설명하려 했던 것들을 비로소 깨닫게 되었다. 바로 모든 여성들이 같은 걱정거리를 갖고 있지는 않다는 얘기 말이다. 그 걱정을 모르는 여성들은 다른 여성들이 겪는 것을 '완전히' 이해할 수 없다고 했던…….

나 역시 클라라의 경험을 결코 함께 나눌 수 없을지도 모른다. 그리고 그런 일을 문제 삼을 능력도 없었다. 내가 할 수 있는 거라곤, 클라라의 이야기를 들어 주고, 그 문제를 인정하고, 그 애가 해결하려고 노력할 때 지지받고 있다고 느낄 수 있게 해 주는 것뿐이었다.

잠시 후 클라라의 엄마가 도착해 그 애를 데리고 갔다. 우리는 손 인사를 나눴다. 결국 나 혼자 남았다. 엄마가 오지 않을지도 모른다는 생각이 들었다. 회의 중이라 휴대폰을 보지 못하는지도 몰랐다.

그때 타일 바닥에 부딪히는 구두 굽 소리가 경찰서 안에 울려 퍼졌다. 엄마가 문 앞에 나타났다. 우리는 잠시 동안 서로 눈빛을 교환했다. 내가 자리에서 일어나자 다른 부모님들처럼 엄마가 나를 품에 안고는 안도의 한숨을 내쉬었다. 따뜻한 기운이 가슴속으로 퍼졌다. 나도 엄마를 감싸 안았다. 꼭 어린 시절로 돌아간 것 같았다. 나도 모르게 눈물이 주르르 흘렀다.

엄마가 두 손으로 내 얼굴을 감싸더니 볼에 흐르는 눈물을 손끝으로 닦아 주었다.

"너희 학교, 내 말을 무시할 수 없을 거야. 두고 봐! 어린애들하고 맞서겠다고 학교에 경찰을 들여보내? 그런 일은 절대 용납할 수 없어, 절대로."

엄마가 속삭였다. 예상했던 것보다 훨씬 침착했다. 엄마 목소리에는 세상에서 제일 용감한 남자도 두려움에 떨게 만들 법한 결연함이 스며 있었다. 엄마를 따라 경찰서 로비로 가서 휴대폰을 돌려받았다. 배낭과 다른 짐은 신문 동아리 방에 있었다.

엄마는 경찰들에게 최고로 가식적인 웃음을 지어 보였지만 '고맙습니다.'나 '좋은 하루 보내세요.'와 같은 인사치레는 하지 않았다. 원래 예의범절을 지키는 데 목숨을 걸다시피 하는 성격인데도.

차에 올라탄 뒤 문을 닫는 순간, '이제 난 죽었구나.' 하는 생각이 들었다. 차 안에는 엄마와 나, 둘밖에 없었으니까. 그러나 아무 일도 일어나지 않았다. 엄마는 별말 없이 운전을 했고, 나는 입을 꾹 다물고 있었다.

오 분은 족히 지나고서야 엄마가 부드러운 목소리로 물었다.

"집에 가면 샤워부터 할 거지?"

나는 고개를 끄덕이며 씩 웃었다. 아무 생각이 없었는데, 엄마 말을 듣고 보니 세상에서 가장 좋은 아이디어 같았다.

"점심 메뉴는 치킨라이스야. 저녁이 되기 전에 기운 좀 차리라고. 요리는 새아빠가 했어."

"엄마, 회사에 다시 안 들어가요?"

"오늘 휴가 냈어."

이 소식을 어떻게 받아들여야 할까? 나는 도로에 시선을 고정한 채 아무 말이나 중얼거렸다.

"치킨이라……. 음, 완벽하지."

샤워는 세상에서 가장 큰 기쁨을 주었다. 머리에 수건을 두른 채 침대 위 깨끗한 이불에 누워 있노라니 이보다 더 좋을 수가 없었다. 천장을 물끄러미 바라보았다. 모든 일이 시작되었던 내 방으로 마침내 돌아온 것이다.

그러다 문득 아무도, 오빠도, 심지어 마르탱조차도 연락이 없다는 사실을 깨달았다. 각자 자기 일로 바쁠 테지. 당장은 이야기를 하고 싶지 않을지도 몰라. 하지만 시간이 지날수록 묘한 기분이 들었다. 아무도 이야기하지 않는다면 어떻게 되는 거지? 왠지 내 주변 사람들은 아무도 그 이야기를 하고 싶어 하지 않는 것 같았다. 심지어 엄마조차도. 너무나 이상했다.

잠시 후, 엄마가 점심을 먹으라며 불렀다. 식탁에는 엄마와 나, 둘뿐이었다. 이렇게 둘이서만 밥을 먹은 건 몇 달 만, 아니 거의 몇 년 만이었다.

"오빠는 없어요?"

"학교 갔지."

엄마가 당연한 걸 묻는다는 투로 무심히 대답했다.

오늘 아침, 오빠는 누구보다 빨리 우리 학교 앞으로 와 주었다. 그런 걸 보면 학교에 가지 않은 듯했지만, 엄마 말을 믿는 척하며 잠자코 있었다. 엄마가 접시에 음식을 덜어 주었다. 우리 집에선 식사 중에 TV를 시청하지 않는 것이 오래된 규칙이었다. 평소에는 할 얘기가 있으니 별문제 없었는데, 지금 같은 상황에서는 꽤 부담스러웠다.

엄마는 고기 조각을 우아하게 씹을 뿐이었다. 전화로는 그렇게 소리쳤으면서 왜 지금은 아무 말도 하지 않는 걸까?

"나한테 화 안 났어요?"

"났어, 그것도 아주 많이. 넌 무책임하고 경솔했어. 라셸, 앞으로 학교생활에 심각한 문제가 생길 수도 있어. 그렇다고 해도 학교 측에서 경찰을 투입한 것에 대해선 용납할 수 없지만……."

엄마의 목소리는 차분했다.

"그런데 왜 야단을 안 쳐요?"

"음, …… 네가 자랑스럽다고 생각하거든. 모두가 그런 일에 목소리를 내지는 않잖아. 특히 권력을 가진 이들에게 대항하는 거라면 더더군다나 그렇지. 무책임하고 경솔하긴 했지만 아주 철없는 행동은 아니었어."

"토요일에는 나한테 별것도 아닌 일로 문제를 만든다고 하셨잖아요. 마치 내가 시간 낭비나 하고 있다는 듯이."

"라셸, 엄마는 내 딸이 학교 안에 갇혀 있다는 사실을 그때 막 알았어. 네가 언제 집에 올지도 모르는 상황이었고. 너무너무 겁나고 무서웠다고. 난 네 엄마야. 얼마나 걱정했는지 아니?"

순간 울컥하면서 심장이 조여 왔다.

"엄마가 언제까지나 내 걱정을 할 수는 없잖아요. 나도 스스로 선택을 해야 하고, 혼자서 내 인생을 꾸려 가야죠."

엄마가 고개를 끄덕였다.

"나도 알아. 그렇지만 조금만 더 너를 걱정하게 해 줘. 네가 대학에 입학할 때까지만이라도. 그다음부터는 널 천천히 놓아 보도록 할게."

엄마가 내 왼손을 꽉 움켜쥐었다. 엄마의 말들이 마치 신선한 공기가 되어 불어오는 것 같았다. 엄마가 내 선택들을 부정할 거라는 생각이 머릿속에 너무 깊게 뿌리박혀 있어서였을까? 이렇게 행복한 결과가 거의 기적처럼 느껴졌다.

"엄마, 내가 정말 자랑스러웠어요?"

엄마 말이 믿기지 않아서 되물었다.

"당연하지. 항상 그랬는데……. 못 믿겠어?"

"응, 엄마는 나랑 의견이 다를 때가 많잖아요. 내가 하고 싶어 하는 것들을 늘 별로라고 해 놓고선……."

"그래? 어떤 게?"

"시앙스 포에 가지 않겠다고 했을 때나 아이를 낳고 싶지 않다고 했을 때 엄청 화냈잖아요."

엄마가 잡고 있던 내 손을 놓았다.

"나는 우리가 어떤 사회적 모델과 함께 살아간다고 생각해. 네가 번듯한 직업을 가지면 좋겠다고 생각했어. 너희 세대가 새로운 이상을 만들고 있다는 걸 잊었어. 어쩌면 여성들이 훨씬 더 자유로워질 수도 있겠지. 맞아, 네가 그런 말을 했을 때 엄마는 내심 상처받았어. 네가 날 실망시켜서가 아니라, 엄마가 지닌 가치관이 상처를 받았던 거야. 이제부턴 널 이해하려고 노력할 거야. 네가 교장 선생님도 무서워하지 않는데 엄마인들 무서워하겠어?"

나는 엄마 말에 피식 웃고 말았다. 어깨를 짓누르고 있던 짐이 덜어지는 기분이었다. 엄마는 내 모든 걱정을 쓸어 냈다.

엄마가 마지막으로 한마디 덧붙였다.

"오빠랑 너, 둘 다 자랑스러워. 난 너희가 굉장한 어른이 될 거라는 걸 믿어 의심치 않아."

실낱같은 희망

다음 날 아침 6시, 나는 차가운 땅바닥이 아닌 폭신한 침대 위에서 일어났다. 최고의 밤을 보냈다고 해도 과언이 아니었다. 하지만 마음은 왠지 자꾸 불안했다. 간밤에 아무에게서도 연락을 받지 못한 채 잠이 들었다. 저녁 식사도 엄마와 새아빠, 그리고 나, 이렇게 셋이서만 함께했다. 나 때문에 오빠에게 무슨 일이 생긴 건 아니겠지?

한참 전에 잠에서 깨어났지만 미적대며 침대에서 일어나지 않았다. 학교로 돌아가야 한다는 사실이 몹시 괴로웠다. 아이들은 내 얼굴을 뚫어져라 쳐다볼 것이고, 선생님들은 나를 심판하려 들 것이다. 아직 그 모든 것에 맞설 준비가 되지 않았다. 무엇보다 폴 뮐러를 다시 만난다는 생각만으로도 토할 것만 같았다. 자신이 이겼다는 생각에 빠져서 얼마나 기세등등할까!

어느새 일어나야 하는 시각이 되었다. 방문을 조심스럽게 두드리는 소리가 들리더니 엄마가 방 안으로 들어왔다.

"라셸, 7시 30분 지났어. 이러다 학교 늦겠다."

"몸이 안 좋아요. 주말부터 아프긴 했는데……."

진짜로 배와 머리가 아팠다. 심리적인 이유 때문이라는 건 알고 있었다. 그러나 엄마는 그리 호락호락하지 않았다. 침대 위에 걸터앉더니 내 이마에 손을 갖다 대었다.

"음, 뭐 때문에 아픈지 알겠다. 스트레스성 복통이야."

나는 이불을 끌어당기며 중얼거렸다.

"분명 교문에 들어서자마자 쫓겨날 거예요."

"경고를 받을지는 몰라도 쫓겨나지는 않을 거야."

"엄마는 그걸 어떻게 확신해요?"

"어제 오후에 너희 교장 선생님한테 가서 한바탕 퍼부었거든. 비폭력 시위를 하는 미성년자들을 쫓아내려고 경찰을 부른 건 절대로 용납할 수 없다고 했어. 다른 아이 부모님도 두 분 더 있었어. 교장 선생님은 별일 없을 거라면서 우리를 안심시키더라고. 더 이상의 소란이나 피해는 원치 않는다면서."

나는 의아한 표정으로 눈썹을 찡그렸다.

"엄마, 어제 장 보러 가신 거 아니었어요?"

"학교에 먼저 다녀오고 나서 장을 보러 갔지."

그래도 불안감은 조금도 줄지 않았다. 다른 핑계를 대 보았다.

"그렇지만 다시 수업에 들어갈 수는 없어요. 모두가 날 싫어할 텐데.

트위터랑 페이스북에 사람들이 얼마나 끔찍한 말들을 올려 둔 지 알아요?"

"라셸, 엄마는 네가 그 어느 때보다 의욕이 넘치는 줄 알았는데? 이게 끝이 아니라면서! 네가 한 말 아니야? 어제의 라셸에게 무슨 일이 생긴 거야?"

나는 의기소침하게 대답했다.

"제정신으로 돌아온 것뿐이에요."

이제는 모든 게 지긋지긋했다. 감정이 널뛰는 것도, 사소한 불만에 민감해지는 것도, 이 상황을 이해할 수 없는 것도……. 전날 경찰서에서는 우리가 겪고 있는 시련이 모두를 더 가깝게 연결해 준다는 느낌을 받았다. 그러나 지금까지 아무에게서도 연락이 없었다. 학교를 점거하는 동안 나누었던 우정의 진실성까지 의심하기에 이르렀다.

엄마는 나를 한참 동안 바라보다가 안타깝다는 듯이 말했다.

"그래, 제정신으로 돌아온 라셸. 나는 여전히 네 엄마고, 넌 오늘 학교에 가야 해. 학교를 불법 점거한 것에 대한 벌이라고 생각하든지."

나는 한숨을 쉬었다. 뭐라고 반박할 말이 없었다. 엄마가 방에서 나가기 직전, 어제부터 계속 날 괴롭게 만들었던 질문을 던졌다.

"엄마, 오빠 집에 들어왔어요?"

"응, 밤에. 술을 좀 마셨나 보더라. 오늘은 수업이 없대."

나는 안도의 숨을 내쉬었다.

학교에 가는 도중에 마르탱에게 여러 번 전화를 걸었지만 계속 음성 메시지로 넘어갔다. 이걸 어떻게 받아들여야 할까? 무소식이 희소식인가? 폴의 잘못을 찾아내느라 바쁜 걸까? 마르탱은 우리가 정의를 얻기 위한 마지막 기회일 수도 있었다. 그렇다. 내 마음 깊숙한 곳에는 아직 실낱같은 희망이 살아 꿈틀거렸다.

등굣길에서 최대한 시간을 끌었다. 길모퉁이마다 멈춰 서서 바쁜 척하며 휴대폰을 두드리다 보니, 교문 앞에 도착했을 땐 수업 시작종이 울리기 직전이었다. 학교는 아무 일도 없었던 것처럼 너무나 평온해 보였다. 문 앞에서 잡담을 하거나 운동장을 거니는 학생들이 드문드문 보였다.

쓰레기통은 제자리로 돌아갔고, 플래카드는 사라졌으며, 바리케이드도 말끔하게 정리되어 있었다. 전날 일은 온데간데없이 사라져 버렸다. 두 눈으로 똑똑히 보고도 믿을 수가 없었다. 교문을 지날 때는 바닥만 내려다보았다. 심장 박동이 미친 듯이 빨라졌다. 모두의 시선이 나에게로만 향하는 듯했고, 내 이름이 여기저기에서 들리는 것만 같았다.

현관 안으로 들어서서 교실로 가는데 복도에 학생들이 없어서 오히려 안심이 되었다. 그런데 몇 발짝 내딛다가 이상하다는 느낌을 받았다. 뒤를 돌아보고는 뭐가 문제였는지 깨달았다. 복도가 텅 비어 있었다. 원래대로라면 수업 시간에 쫓기는 학생들로 북적여야 하는데……. 당황해서 계단을 다시 내려갔다.

운동장으로 나가는 현관문을 열었을 때 눈앞에 펼쳐진 광경은 그야말로 비현실적이었다. 불과 몇 분 전까지만 해도 눈도 마주치지 못해 피했던 학생들이, 수업 거부를 한 첫날처럼 동상 주위에 잔뜩 모여 있었다. 두 명의 학생이 동상 받침대에 올라서더니 손수 만든 플래카드를 펼쳤다.

우리 학교에 짭새는 안 돼!

그러자 학교 운동장에 정적이 감돌았다. 숨이 꽉 막히는 듯한 느낌이 들면서 가슴이 답답해졌다. 그러나 나쁜 쪽은 아니었다. 이런 지지의 물결은 전혀 기대하지 못했다. 나는 곧 엄청난 감격에 휩싸였다.

1학년부터 3학년까지 전교생이 운동장에 나와 있었다. 이들은 우리의 수업 거부 운동이나 점거 농성에 모두 동의하지는 않았지만, 어제 일어났던 일만큼은 정상이 아니라고 말하고 있었다. 학교 측의 반응에 충격을 받은 게 나 혼자만이 아니었던 것이다. 하마터면 울음을 터뜨릴 뻔했지만 가까스로 참고서 미소를 지었다.

물론 그 광경이 오래가지는 않았다. 학생들은 일 분에서 이 분 정도만 그렇게 머무르다가 모두 자리에서 일어나 교실로 향했다. 다행이었다. 학교 측에서 집단 시위를 더 이상 용납하진 않을 테니까. 이만큼으로도 충분했다. 학생들은 내 앞을 스쳐 지나갔고, 몇몇은 환하게 웃어 보였다. 힘내라고 말하려는 듯 고개를 끄덕이기도 했다. 나는 조용히 고맙다고 속삭일 뿐, 아무런 대답도 하지 못했다.

학생들의 물결 속에서 폴 뮐러와 눈이 마주쳤다. 그 자식은 뻔뻔하게도 날 보고 웃었다. 마치 몇 분 전에 자신도 날 지지했다는 사실로 모든 게 해결되었다는 듯이. 화가 울컥 치밀어서 그 애의 옷자락을 와

락 붙잡았다.

"야, 폴!"

폴이 돌아서며 인상을 찌푸리더니, 자기 친구들이 가까이 있는지 확인하려는 듯 재빨리 주위를 둘러보았다.

"미안해."

내가 차분하게 말하자 폴이 대답하는 데 뜸을 들였다.

"아, 그래?"

"응, 진짜 쿨하지 못했어. 네 평판에 타격이 갔을 것 같은데 앞으로도 괜찮아지는 일은 없을 거라는 걸 꼭 말해 주고 싶어. 우리는 네가 아멜린을 희롱했다는 걸 증명할 거야. 일 년이 걸리더라도 말이야."

폴은 어색하게 웃었다. 자존심이 상한 것 같았다.

"내가 무슨 말을 해 주길 바라냐? 허위 자백이라도 해? 식당에서는 아무 일도 없었어. 너도 알다시피 다들 서로 밀치면서 통조림 속 생선처럼 엉겨 붙게 되잖아. 아멜린이 착각한 거라고. 내가 걔 뒤에 있었을 수는 있지만 절대로 엉덩이는 안 만졌어. 참 웃기지. 넌 아멜린 말은 믿으면서 내 얘기는 들으려고도 않잖아. 사람들은 항상 여자애들 말만 믿는다니까."

화가 치밀었지만 꾹 참고 대답했다.

"너, 지금 나랑 장난해? 아멜린은 학교에서 전학 조치를 받았어. 근데 넌 여전히 여기에 있잖아. 교장실에 불려 가지도 않았고. 사람들이 여자애들 말만 믿는다고? 네가 어느 별에 살고 있는지 모르겠지만, 여기 이 지구에서는 남자애들은 무조건 아무 잘못이 없다고 생각하지.

여자애들한테는 거짓말한다고 비난하는 일이 비일비재해. 너네 방식대로라면 여자애들은 시끄러운 일 만드는 걸 무척 좋아하니까!"

나는 강조하기 위해 일부러 또박또박 말했다.

"휴, 미안하지만 그건 사실이잖아! 여자가 한 거짓말 때문에 아무 짓도 안 한 남자가 처벌받은 사건도 흔히 있어."

"그럼 남자가 무슨 짓을 했는데도 아무런 처벌도 받지 않은 사건들은? 그런 사건이 훨씬 더 많다는 생각은 안 하니?"

"난 아무 짓도 안 했어."

폴은 반박할 거리가 떨어졌는지 대뜸 우기기 시작했다. 맞받아치려는 순간, 누군가 내 팔을 붙잡았다. 뒤를 돌아보니 마농과 카일라, 이네스, 그리고 클라라가 서 있었다.

"내버려 둬, 라셸. 벽에다 대고 말하는 거나 마찬가지야. 쟤는 일부러 멍청한 척하면서 이해하지 못하겠다고 우기는 거라니까."

클라라가 날카로운 목소리로 말했다.

나는 폴에게서 시선을 떼지 않은 채 뒤로 한 발짝 물러섰다. 나와 폴 사이의 긴장감은 그 애가 교실로 향할 때까지 몇 초 동안 더 지속됐다. 마농과 폴이 아주 잠깐 서로 눈을 맞추었다. 마농이 몸을 떨자 이네스가 그 애의 손을 잡아 주었다. 마농이 저런 등신 같은 녀석에게 잠시나마 끌렸다는 사실이 여전히 믿기지 않았다.

폴이 시야에서 사라지고 난 다음에야 아이들에게 물었다.

"너희, 여기서 뭐 해?"

카일라가 대답했다.

"교장 선생님이 부르셔서 널 데리러 왔어."

"나도?"

클라라가 고개를 끄덕였다. 배에 무거운 돌덩이가 얹히는 듯한 느낌이 들었다. 아까보다 날이 더 밝아졌고, 바람은 점점 더 거세졌다. 주머니에 손을 넣고 발걸음을 옮겼다. 아이들도 내 뒤에서 조용히 따라왔다.

그때 학교 건물 입구에서 누군가 나오는 게 어렴풋이 보였다. 걸음걸이를 보고는 마르탱이라는 걸 재깍 알아차렸다. 나는 발걸음을 재촉했다.

"어이!"

"안녕."

마르탱이 단조로운 목소리로 인사를 건넸다.

"괜찮아? 어떻게 연락 한번 안 하냐?"

마르탱이 눈썹을 찡그렸다.

"라셸, 너도 안 했잖아. 간밤에 너희 오빠랑 열 좀 냈지. 완전 쿨한 형이야. 더 친해졌어."

마르탱의 천연덕스러운 대답에 결국 웃음이 터져 버렸다. 하지만 다시 진지하게 대꾸했다.

"폴에 대해서 뭐 좀 알아냈어? 우리가 걔를 압박할 수 있는 증거."

"라셸, 시간이 좀 걸릴 거야. 그리고 내가 폴을 자백하게 만든다고 해도 학교 측에서 할 수 있는 건 아무것도 없을 거고."

"그렇지 않아! 아멜린이 거짓말한 게 아니라는 것만 증명할 수 있다면 그것만으로도 우리는 승리한 거라고."

내 말에 마르탱이 고개를 끄덕였다.

"그런데 너희, 학교에서 나올 때 내 카메라도 챙겼지?"

"이런……, 아직 동아리 방에 있어. 촬영하는 것도 까먹었네. 미안."

"괜찮아, 이미 찍어 둔 걸로 뭔가 할 수 있을 거야. 지금 교장 선생님 만나러 가는 거야?"

"어, 너도?"

"응, 즐거운 시간이 되겠군."

"그렇겠네."

다른 아이들이 수다에 빠진 나와 마르탱을 앞질러 걸어갔다. 우리는 서둘러 그 애들을 따라잡았다. 심장 박동이 거세졌다. 너무 무서웠다, 또다시.

최후의 반격

아주 인상적인 순간이어야 할 것 같지만, 실제로는 조금도 그렇지 않았다. 좁다란 교장실에 아홉 명의 사람이 모여서 복작였다. 이만과 아스트리드는 먼저 와서 소파에 나란히 앉아 있었다. 나는 이만 뒤에 자리를 잡고서 가방을 발치에 내려 둔 채 팔짱을 끼고 서 있었다.

교장 선생님이 지친 목소리로 말문을 열었다.

"어제저녁에 해결책을 논의하기 위해 선도 위원회가 소집되었습니다. 꽤 복잡한 일이라 의견이 많이 갈렸지만, 오랜 논의 끝에 꽤 공정하다고 생각되는 절충안을 찾았어요."

교장 선생님은 별것 아닌 것을 멋들어지게 말하는 재주가 뛰어났다. 아무도 대꾸를 하지 않자 아랑곳없이 말을 이어 갔다.

"처벌은 없을 겁니다. 어제 여러분이 겪었던 일로 충분히 대가를 치렀다고 생각합니다. 다만, 똑같은 일을 다시 벌여도 된다는 뜻으로 받아들이지는 마세요."

모두 말이 없었다. 교장 선생님의 말은 너그러움이라는 가면을 뒤집어 쓴 고해성사처럼 들렸다. 아무것도 사과하지 않았을뿐더러 자신이 경찰을 부른 행위가 도를 넘었다는 걸 인정하지도 않았다.

"또한 아멜린 브리앙의 전학 결정도 철회하기로 했습니다. 이제 아멜린이 선택을 하면 됩니다. 그 사건까지 포함해 생활 기록부에 아무런 기록도 남기지 않을 겁니다."

마농이 나를 돌아보며 미소를 지었다. 나 역시 속으로는 엄청나게 신이 났다. 우리의 결집이 결코 헛되지 않은 셈이니까. 우리는 학교로부터 무언가 얻어 내는 데 성공했다.

그때 마르탱의 목소리가 여자애들의 수군거림을 뚫고 튀어나왔다.

"그럼 남자애들은요? 폴 뮐러는요? 인스타그램에 댓글 단 다른 남자애들은 어떻게 되나요?"

"라셸과 마농에게 이미 설명했듯이, 폴에 대한 증거는 아무것도 없어요. 아멜린이 그 학생을 지목하지도 않았고, 그 어떤 진술도 하지 않았습니다. 그리고 SNS 댓글은 우리 소관이 아니에요. 물론 남학생들의 부모에게 그 사실을 알리긴 했지만요. 나 역시도 뭔가 더 할 수 있는 게 있다면 좋겠습니다."

폴을 비롯해 성희롱에 가담한 남자애들이 처벌을 받을 거라고는 조금도 기대하지 않았다. 아멜린이 피해자로 인정을 받지는 못했지만, 적어도 거짓말을 했다거나 잘못을 저질렀다는 누명은 벗게 되었다. 절반의 성공이었다.

이로써 올랭프 드 구주 고등학교 여학생들의 투쟁은 종지부를 찍었다. 우리 나름대로 계속할 수는 있겠지만, 여기서 상황이 더 바뀌지는 않을 것이다.

나는 앞장서 교장실을 나왔다. 교장 선생님이 마르탱을 부르는 소리가 들렸다.

"마르탱! 이제 신문 동아리 방 열쇠는 교무실에서 보관할 거다. 아침에 와서 찾아가고 수업이 끝나면 반납하도록 해."

내 절친은 말없이 고개를 끄덕이고는 우리에게로 다가왔다. 우리는 현관 밖으로 나와 동그랗게 모여 섰다.

"이건 패배도, 승리도 아니야."

클라라가 말했다.

"너희는 우리의 행동이 올바르지 않았다고 생각해?"

"아니!"

카일라가 묻자 마농이 짜증스레 대답했다.

"우리는 마땅히 해야 할 일을 했어. 폴과 아멜린은 더 이상 우리가 어떻게 할 수 없는 거잖아. 우리가 원하는 걸 다 얻지는 못했지만 엄청나게 멋진 주말이었어. ……무엇보다 우린 친구가 됐잖아."

"맙소사! 이리 와. 서로 안아 주자."

이네스가 울먹이며 이렇게 말하고는 팔을 벌려 옆에 있던 클라라와 이만을 꽉 끌어안았다. 나도 빙그레 웃으며 단체 포옹에 동참했다. 이것이 우리의 마지막이 아니라는 사실을 깨달았다는 게 참 좋았다. 며칠 사이에 이 아이들에 대해 정말 많은 걸 알게 되었다. 그리고 아주 오랜만에 끈끈한 소속감을 느꼈다. 이제 내가 머리를 싸매고 있던 문제나 의문들이 별로 중요하지 않다는 생각이 들었다. 이 아이들과 함께 나눌 수 있게 되었으니까.

마르탱은 뒤로 멀찍이 물러서 있었다. 마농이 오라고 했지만 고개를 저었다. 잠시 후 아이들은 각자의 교실로 돌아갔다. 마르탱과 나만 그 자리에 남았다.

"수업 들으러 갈 거야?"

마르탱에게 묻는 순간, 어떤 대답이 돌아올지 예상이 되었다.

"아닐걸. 너는?"

내가 어깨를 으쓱하자 마르탱이 웃음을 터뜨렸다.

"우아, 라셸 르비예가 수업을 땡땡이치다니!"

나는 하늘을 올려다보았다.

"뭐 마시러 갈래?"

"그래, 가자!"

교문을 향해 걸어가면서 마르탱에게 장난을 쳤다.

"마농한테 언제 데이트 신청할 건데?"

마르탱은 대답 없이 한숨만 푹 내쉬었다. 녀석은 내가 이 이야기를 끝없이 물고 늘어지리라는 것을 알고 있기 때문이다. 나 역시도 그만둘 생각이 전혀 없었다.

그날 저녁, 일주일 전에 갔던 그 카페를 다시 찾았다. 아멜린에게 만나자고 문자 메시지를 보냈다. 지난번과 같은 테이블에 앉아서 그때처럼 핫초코를 주문하고 아멜린을 기다렸다. 시간이 매우 천천히 흘렀다. 일요일 오후에 만났을 때 그리 좋게 헤어지지 않아서일까? 어쩌면 바람을 맞을지도 모른다는 생각이 들었다. 아멜린은 십오 분 늦게 나타났다. 여전히 조심스러운 모습이었다.

"안녕?"

"안녕."

"잘 지내? 새 학교에 다니기 시작한 거지?"

아멜린은 천천히 고개를 끄덕였다. 아멜린에게 문자 메시지를 보내면서도 답장을 받을 거라는 확신은 그다지 없었다. 그저 아멜린이랑 이야기를 나누고 싶었다. 수업 거부나 점거 농성을 하면서 혹시라도 상처를 줬다면 사과를 하고 싶었는지도 모른다. 아멜린도 핫초코를 주문했다. 그걸 보고 씩 웃었더니, 그 애도 덩달아 미소를 지었다. 그걸로 충분히 좋았다. 나는 목소리를 가다듬었다.

"교장 선생님이 너한테 내린 전학 처분을 철회하겠다고 하셨어. 그리고 생활 기록부에도 아무것도 남기지 않으실 거래."

"응……, 그런데 난 그 학교로 돌아가지 않을 거야. 그러고 싶지 않아. 새 학교도 좋거든. 벌써 친구도 생겼고."

아멜린이 목이 멘 소리로 대답했다.

"네 마음 이해해. 혹시 그게 나 때문이라면…… 정말로 미안해. 너를 불편하게 만들 의도는 없었어."

"너 때문 아니야. 그럴 리가 있어? 남자애들 때문이지. 지나갈 때마다 낄낄대는 소리 듣는 거 지긋지긋해. 더는 못 견디겠어. 이제는 옷 입는 것도 신경 쓸 거고, SNS에 올리는 것들도 더 조심할 거야."

나는 슬픈 얼굴로 고개를 가로저었다.

"너한테 문제가 있었던 게 아니야. 남자애들이 하는 말이나 행동이 문제였던 거지."

아멜린은 어깨를 으쓱했다.

"나한테만 일어난 일이잖아. 그러니까 뭔가 있지 않겠어?"

"여자들한테 흔하게 일어나는 일이야. 거기에 대응하는 여자들이 많지 않은 거고."

"왜 그러는지 알 것 같아. 너무 위험하니까."

아멜린이 나지막이 중얼거렸다.

내가 생각했던 방향으로 대화가 흘러가지 않았다. 나는 불편한 속내를 감추려고 핫초코를 마셨다.

아멜린이 속삭이듯이 말했다.

"그래도 고마워. 날 위해 싸워 준 거잖아. 그 싸움에 내 이름이 거론된 건 별로 좋지 않았지만. 게다가 폴까지 날 위협했고. 그래도 돌이켜 보면 너 참 대단했어. 아무도 나한테 그렇게까지 신경 써 주지 않았거든."

나는 귀를 의심하며 자세를 고쳐 앉았다.

"잠깐, 폴이 널 위협했어?"

"SNS를 다 차단했더니 이메일을 보냈더라고. 나보고 걸레 같은 애라면서, 너희를 말리지 않으면 새 학교에서도 인생을 망치게 만들 거라고 했어. 내 평판을 더럽히겠다고……. 걔는 정말로 등신이야."

나는 잠시 동안 충격에 휩싸였다가 이내 정신을 차리고 물었다.

"아직도 그 메일 갖고 있어? 지운 건 아니지?"

"응, 보관하고 있어."

비로소 내가 지금 무얼 손에 넣었는지 깨달았다. 아멜린 말이 맞았다. 폴 뮐러는 등신이었다!

다음 날 아침 8시 정각, 나는 마르탱과 함께 교장실에 갔다. 지난 토요일 밤 11시 31분에 폴 뮐러가 아멜린 브리앙에게 보낸 이메일이 인쇄된 종이를 들고서. 우리는 교장 선생님이 이메일을 다 읽기만을 기다리며 아무 말 없이 앉아 있었다. 이 최후의 반격이 성공할 수 있을지는 아직 알 수 없었다.

하지만 폴은 더 이상 도망칠 수 없을 것이다. 아멜린을 직접적으로 위협했으니까. 교장 선생님도 더 이상 책임을 떠넘길 수 없을 테지.

8시 15분, 교장 선생님이 폴 뮐러를 교장실로 불렀다. 녀석은 자기가 쓴 게 아니라고 부인하면서 펄쩍펄쩍 뛰었다. 누군가 꾸민 짓이라고 우겼다. 얼굴이 시뻘게진 채 호흡을 고르기 위해 중간중간 말을 멈추기까지 했다.

8시 30분, 마침내 폴은 자신이 이메일을 보냈다고 실토했다. 하지만 학생 식당에서 줄을 섰을 때 일어난 일은 거론하지 않았다.

8시 32분, 교장 선생님은 폴과 단둘이서 이야기하겠다며 우리에게 밖으로 나가 있으라고 했다. 우리는 복도에 있는 소파에 앉아 잠자코 기다렸다.

8시 47분, 교장실에서 나온 폴은 우리를 쳐다보지도 않은 채 쌩하니 가 버렸다. 폴은 동급생을 위협했다는 이유로 삼 일 동안 출석 정지 처분을 받았다. 이건 애초에 내가 투쟁에 나설 때 바란 게 아니었다. 아멜린에게 한 짓을 딱히 인정하지도 않았다. 폴에게나 다른 남자애들에게나 교훈이 되지 못한 셈이었다. 그래도 아무 처벌도 받지 않는 것보다는 나았다.

적어도 사흘 동안은 복도에서 그 애와 마주칠 일이 없을 테니까.

가끔은 싸움도 해 볼 만한 가치가 있는 것 같기도 하다.

심각한 질문

“라셸, 어서 열어 봐!”

오빠가 재촉했다.

“나한테 선물을 왜 주는 거야? 크리스마스도 아직 두 달이나 남았는데.”

“열어 봐! 선물하는 데 무슨 이유가 필요해?”

나는 아빠와 눈을 마주쳤다. 우리는 아빠 집 거실에 있었다. 나한테는 그리 편하지 않은 곳이었다. 아빠는 자그마하고 오래된 돌집에 살았다. 이 지역에 정착하면서 몇몇 친구들과 함께 수리를 했다. 이 집에 머무는 동안 오빠와 방을 같이 써야 하는 데다 몸을 가렵게 하는 이불을 덮고 자야 했다.

게다가 그날 저녁에 폭풍우가 몰아치는 바람에 아빠를 도와 황급히

양들을 헛간으로 데려다 놓기까지 했다. 샤워할 여유조차 없어서 젖은 양털 냄새가 무지막지하게 났다. 심지어 옷은 진흙투성이였다. 오빠와 나는 녹초가 되어 소파에 널브러졌다.

그때 오빠가 배낭 속에서 작은 상자를 꺼내 나에게 건넸다. 평소에 우리 남매는 선물 같은 걸 주고받지 않았다. 그런데 오빠가 나를 위해 뭔가를 준비했다니! 새삼스레 감동이 밀려왔다. 물론 선물을 가장한 장난이거나 쓸데없는 물건일 확률이 아주 높았지만.

저녁 식사 준비를 하느라 감자 껍질을 벗기던 아빠가 호기심 어린 눈길로 우리를 쳐다보았다. 나는 가벼운 마음으로 포장지를 천천히 벗겼다. 상자 안에는 검정색 천 조각이 들어 있었다.

"스카프야! 최루탄 막으라고!"

오빠가 한껏 신난 표정으로 말했다. 나는 웃음을 터뜨리며 천장을 올려다보았다.

"이게 내 꼬리표가 될 거다, 그거지?"

"당연하지. 나, 학교에서 대박 유명해졌어. 올랭프 드 구주 고등학교 점거 농성 때 선봉에 선 아이의 오빠라고. 앞으로 네 명성에 누가 되지 않게 살아갈 거야. 나만 믿어."

오빠가 내 얼굴에 드리운 어두운 기색을 알아차리고 물었다.

"괜찮아?"

나는 애써 웃어 보이며 고개를 끄덕였다.

어쨌든 이제는 나도 앞으로 나아가야 할 때였다. 내가 요구하던 폴의 처벌을 얻어 냈으니까. 온 세상을 상대로 영원히 분노하며 살아갈 수는 없을 것이다. 대학 입학시험, 진로, 전공……. 나도 남은 한 해 동안 내 삶에 집중해야 했다.

"아니, 안 괜찮아 보이는데. 무슨 일이야?"

오빠가 끈질기게 물었다. 아빠에게 들리지 않도록 낮은 목소리로.

"그 일이 별 소용이 없었다는 생각이 들어서. 아니 뭐, 이성적으로는 어딘가에 쓸모가 있었다는 걸 알지만……. 그 일로 바뀐 게 아무것도 없는 것 같아서 불쾌하달까? 학교 측은 그 남자애들을 문제 삼지도 않았고, 교장 선생님은 학교에 문제가 있다는 것조차 이해하지 못해."

오빠가 인상을 찌푸렸다.

"무슨 말인지 알겠어. 그래서?"

나는 오빠의 반응에 당황했다. 오빠가 웃으며 말을 이었다.

"라셸, 네가 이해한 것들을 다른 사람들이 똑같이 알아주길 기대해선 안 돼. 네 남은 인생을 사람들의 바보짓에 짓눌린 채 보내면 너만 힘들어질 거라고. 넌 대단한 일을 했어. 저항할 수 있다는 것을 보여줬잖아. 누군가 대신해 주길 기다리지 않고.

바뀐 게 별로 없다고 했지? 그건 단지 네가 객관적인 눈으로 상황을 바라보지 않아서야. 그 일 덕분에 수많은 아이들이 SNS나 실제 생활에서 부당하게 겪은 일들을 더 이상 용납해선 안 된다는 사실을 깨달았을 거야. 그리고 무엇보다 네 인생과 마르탱, 클라라, 마농……, 그 아이들의 인생을 바꿔 놓았잖아. 예전의 너와 지금의 네가 같은 사람이라고 말할 수 있어?"

나는 고개를 가로저었다.

"그것 봐! 그러니까 '내 행동이 사회를 바꿔야만 한다!'는 덫에 걸리지 마. 왜냐하면 우리는 결코 사회를 변화시킬 수 없을지도 모르니까. 좀 더 작은 범위에서 세상을 바라보도록 해 봐."

나는 오빠 얼굴을 한참 동안 바라보다가 씩 웃었다. 오빠가 또다시 어울리지 않는 행동을 했다. 나를 안아 준 것이다. 평소에 마음을 표현하는 스타일이 아니어서일까? 여운이 생각보다 꽤 깊게 남았다.

우리는 저녁 식사를 마친 뒤 소파에 앉아 책을 읽었다. 아빠 집에서 지내느라 세상과 단절된 것이 조금 힘들었지만, 시간을 다르게 보내는 방법을 배울 수 있다는 장점이 있었다. 몇 달째 침대 협탁 위에 두고 읽지 못했던 책들을 착실하게 읽어 나갔다. 잔잔하게 흐르는 음악 소리와 바깥에서 몰아치는 폭풍우 소리를 들으니, 마치 시간을 초월한 작은 방울 속에 들어 있는 듯한 느낌이 들었다.

밤 10시쯤 바람이 잦아들자, 오빠는 그 틈을 타서 밖으로 나가 담배를 피웠다. 나는 기지개를 켰고 아빠는 물을 끓이려고 일어났다. 아빠가 소파로 돌아오면서 테이블 위에 놓인 검정색 스카프를 들어 보였다.

"예쁘네. 뭐에 쓰는 거야?"

아빠의 질문이 재밌어서 웃으며 대답했다.

"오빠 선물이에요. 시위할 때 쓰래요. 최루탄을 막아 준대요."

아빠는 한숨을 내쉬었다. 어떤 기억을 떠올리는 건지 궁금해졌다. 사흘 전에 도착했을 때부터 묻고 싶어서 입이 근질거렸다. 원래는 금요일이 올 때까지 기다릴 생각이었다. 아빠를 자주 보지 못한 데다 연휴를 망치고 싶지도 않았으니까. 하지만 지금이 적절한 순간이라는 느낌이 들었다.

"아빠는 어떻게 생각해요?"

주전자가 쉭쉭거리는 소리가 나자 아빠가 뒤돌아섰다.

"뭘? 스카프?"

"아니, 내가 학교에서 했던 일."

아빠는 뒤돌아선 채 말을 고르는지 대답하기까지 몇 초가 걸렸다.

"네가 해야 할 일을 한 거라고 생각해."

"경찰들이 왔을 땐 정말로 무서웠어요."

내가 솔직하게 고백하자, 아빠가 천천히 돌아섰다.

"그래, 그랬을 거야. 엄마한테 전화를 받았을 때 아빠도 정말 겁이 났거든."

잠시 후 아빠가 찻주전자와 찻잔 세 개를 들고 와 소파 앞 안락의자에 앉았다.

"경찰들이 우리를 학교에서 내쫓는 과정에서 친구 한 명을 바닥에 쓰러뜨렸어요. 걔는 아무 짓도 하지 않았는데. 흑인이었거든요. 굳이 그렇게 생각하고 싶진 않지만 혹시……."

나는 잠시 속으로 생각을 정리했다. 내가 무슨 이야기를 꺼낼지 아빠가 눈치챈 것 같았다.

"혹시 아빠도…… 그런 적 있어요? 무의식적으로라도. 피부색 때문에 누군가를 다르게 대한 적 있어요?"

클라라와 대화를 나눈 이후로 그 생각이 머릿속에서 떠나지 않았다. 아주 긴 침묵 끝에 아빠가 천천히 입을 열었다.

"아빠도 아니라고 말하고 싶어. 하지만 라셸, 안타깝게도 아빠도 그런 적이 있어. 그건 일종의 시스템이거든. 아빠에게 주어진 책임이 있었고, 그걸 실행하는 과정에서 무심코 그랬을 수 있어. 사회에서 그런 폭력이 존재하도록 내버려 두기 때문에 그런 일이 빈번하게 일어나곤 하지. 절대로 용인하면 안 되는데도……."

"그래서 아빠는 그 일을 그만둔 거예요?"

"여러 가지 이유가 있었어. 무엇보다 도시가 아빠한테 맞지 않아. 뭐, 그런 분위기가 영향을 주기도 했고. 양을 키우는 것과는 많이 다르잖니?"

우리의 대화는 거기서 끝이 났다. 아빠가 차를 따라 주었고, 때마침 오빠가 집 안으로 들어왔다. 우리 대화를 방해하지 않으려고 문 뒤에서 기다리기라도 했던 것처럼.

아빠는 먼저 방으로 들어가면서 너무 늦게 자지 말라고 당부했다. 다음 날 아침에 손수 만든 요구르트와 치즈를 시장에 팔러 갈 때 동행해 주길 바라는 듯했다. 오빠와 나는 약속이라도 한 듯 마주 보며 얼굴을 찌푸렸다. 우리는 아침 일찍 일어나는 게 너무나도 버거운 도시의 아이들이니까.

정당한 분노

마르탱은 줄곧 메시지를 보내며 나를 괴롭혔다. 내가 늦기라도 할까 봐 노심초사하는 거였다. 나도 쉴 새 없이 엄마에게 전화를 했지만 아무 소용이 없었다. 예정대로라면 엄마는 이미 삼십 분 전에 집에 도착했어야 한다. 야근을 하는 날도 아니었는데…….

오늘 저녁은 그저 평범한 날이 아니었다. 마르탱과 마농이 몇 주 전부터 함께 작업한 영화를 학교에서 상영하는 날이기 때문이다.

교장 선생님의 허락을 받아 밤 9시까지 강당을 사용하기로 했다. 나는 사회를 맡았다. 사서 선생님의 도움으로 예산 지원을 받아서 오렌지주스와 비스킷도 준비했다. 사람들이 그리 많이 올 거라 기대하지 않았는데, 벌써 스무 명 남짓한 이들이 참석하겠다고 확답을 주었다. 6시 30분이 지났는데도 엄마가 오지 않아서 자꾸만 초조해졌다. 혼자서 학교에 갈 수는 있지만 바깥 날씨가 끔찍할 정도로 추웠다. 아니, 엄마와 꼭 함께 가고 싶었다.

점거 농성 이후 우리 모녀의 사이가 무척 좋아졌다. 내 행동이 무언가를 변화시켰다는 오빠 말이 맞았다. 세상이 변한 건 아니지만, 적어도 내 인생에서는 큰 변화가 생겼다. 제시간에 도착하지 못할 수도 있다고 미리 연락했더니 마르탱이 불같이 화를 냈다. 만일 내가 시간 안에 도착하지 못한다면 모든 계획이 틀어지고 말 것이다.

다행히 일 분 뒤, 현관문 앞에서 열쇠가 찰랑거리는 소리가 들리더니 엄마가 집 안으로 들어왔다. 나는 엄마에게 인사도 하지 않고 다짜고짜 달려들었다.

"엄마, 준비됐어요? 7시까지 학교에 도착해야 해. 어서 서둘러요. 차가 밀리면 늦을 수도 있으니까."

"라셸, 엄마 옷만 얼른 갈아입고 가자. 알겠지?"

엄마가 허둥지둥 안방으로 달려갔다. 나는 과열된 배터리처럼 가만히 있지 못하고 소파에 앉아 초조하게 발을 굴렀다. 엄마를 기다리는 동안 준비한 원고를 다시 읽어 봤다. 그간 있었던 사건과 우리의 행동, 그리고 이 영화를 만들고 싶었던 이유를 요약한 글이었다.

기분이 이상했다. 아직 최종 결과물을 보지 못했기 때문인가? 마르탱과 마농이 다큐멘터리를 한사코 비밀에 부쳤던 것이다. 클라라, 이네스, 카일라와 나는 이 두 사람을 마제곱이라고 불렀다. 마제곱은 여러 날 동안 저녁 시간에 만나 열심히 작업을 했다. 그 바람에 마르탱은 신문 동아리 일은 완전히 손에서 놓고 말았다.

두 사람이 로맨틱한 관계로 발전할 수 있을지는 모르겠지만 한 가지 사실만은 확실했다. 둘이서 엄청나게 많은 시간을 함께 보내고 있다는 것! 나와는 상관없는 일이라고, 둘이 알아서 하게 내버려 둬야 한다고 생각하면서도 관심을 끄기가 어려웠다. 가장 친한 친구 둘의 일이었으니까.

마침내 엄마가 거실로 나오더니 특유의 잔소리를 늘어놓았다.

"라셸, 그만 꾸물거리고 얼른 일어나."

나는 최대한 빨리 외투를 입었다. 건물 계단을 급하게 내려가는 동안 스트레스 때문에 속이 꼬이는 느낌이 들었지만 몸을 움직이지 못하거나 불쾌할 정도는 아니었다. 이건 좋은 긴장감이었다. 이 일에 최선을 다하고 싶은 마음 때문에 생겨난 스트레스랄까?

학교로 가는 도중에 엄마에게 물었다.

"오늘 하루 괜찮았어요?"

엄마는 눈썹을 찡긋해 보이며 대답했다.

"응, 그럭저럭 괜찮았던 것 같아. 사실 갑자기 회의가 생겨서 좀 늦었어."

"심각한 일은 아니고?"

"지난주부터 일을 시작한 여자 인턴 직원이 있는데, 아주 상큼하고 정말 예뻐. 그런데 요 며칠 풀이 좀 죽어 있는 것 같더라고. 그래서 이야기를 해 봤더니……, 어떤 남자 동료가 치근덕대면서 선을 자꾸 넘어서 불편하다고 털어놓는 거야."

"오, 그래서 엄마는 어떻게 했는데요?"

나는 조그맣게 탄식하며 물었다.

"그 인턴 직원이랑 같이 인사 팀장을 만나러 갔어. 그래서 회의가 열렸던 거야. 휴, 너무 힘들었어."

엄마도 내가 아멜린을 위해 나서려고 했을 때처럼 행동한 걸까?

"그래서 회의 결과는 어떻게 됐어요?"

"이제부터 조사를 해 봐야 해."

마음 깊은 곳에서 만족감이 찰랑였다.

학교에 도착했을 때는 이미 날이 어두워져 있었다. 강당으로 가는 길에 클라라와 그 애 부모님을 만났다. 클라라도 나만큼이나 부모님에게 영화를 보여 주고 싶은 마음에 신이 난 것 같았다. 우리는 다른 아이들에게로 걸어갔다. 마르탱이 나를 보자마자 돌진해 왔다. 다짜고짜 내 팔을 붙잡고는 마농이 컴퓨터를 최종 점검하고 있는 자리로 끌고 갔다.

"더 일찍 왔어야지! 나 혼자서 다 해야 하는 줄 알았잖아!"

"그랬으면 더 좋아했을 거면서!"

내가 빈정거리자 마르탱이 눈을 흘겼다.

녀석에게 원고를 넘겨주고는 스크린 앞에 놓아둔 의자에 청중들이 앉는 모습을 지켜보았다. 클라라, 이네스, 이만, 그리고 그 애들의 가족들, 몇몇 선생님, 학생 두세 명이 벌써 자리에 앉아 있었다. 오빠는 일이 있어 오지 못했다.

아멜린이 와 주길 바랐지만 내 초대에 아무 대답이 없었다. 더 이상 헛된 기대는 품지 않기로 했다. 시간이 지날수록 사람들이 더 몰려왔다. 옆 교실에서 의자를 더 가지고 와야 할 지경이었다.

마침내 청중 앞에 서야 하는 순간이 되자 가슴이 몹시 쿵쾅거렸다. 손에 쥔 종이가 달달 떨렸다. 머릿속으로는 열두 번도 더 연습해 봤지만, 막상 입을 떼면 더듬거리면서 말이 막힐 거라는 걸 알고 있었다.

학교에서 페미니즘 운동을 계획할 능력은 있을지 몰라도, 40명의 사람들 앞에서 말을 하는 건 너무 부담스러웠다. 나를 바라보는 사람들의 시선을 의식하지 않으려고 강당 한구석을 주시하며 심호흡을 했다. 그런 다음에 종이 위로 시선을 내리며 최대한 용기를 쥐어짜 내어 말을 시작했다.

"안녕하세요. 이렇게 많이 와 주셔서 정말 감사드립니다. 잠시 후 보실 영화의 제목은 〈정당한 분노〉입니다. 지난 10월 초, 올랭프 드 구주 고등학교에서 있었던 페미니즘 운동을 다룬 다큐멘터리입니다. 이 운동은 성추행을 당한 여학생이 선도 위원회에서 전학 처분을 받으면서 시작되었습니다. 학교의 부당한 처사에 분개한 아이들은 항의를 하기로 마음먹었지요. 정부의 조사에 따르면 여성 7명 가운데 1명이 살아가는 동안 성폭력을 겪습니다. 바로 이 분노를 일으키는 수치가, 우리 다큐멘터리의 제목을 짓게 했습니다."

긴장감에 목소리가 갈라졌다. 그때 강당 문이 열리는 바람에 더욱 더 불안해졌다. 다큐멘터리를 보러 올 거라고는 전혀 상상도 못했던 인물이 나타났다. 바로 폴 뮐러였다. 그 애는 몸을 최대한 움츠린 채 슬며시 구석으로 가 벽에 기대어 서 있었는데, 그것만으로도 내 마음을 어지럽히기에는 충분했다.

나는 더듬거리며 말을 이었다.

"음……, 저희가 여러분에게 전하고 싶은 메시지는 바로 여성들은 자신이 겪는 행위나 폭력 앞에서 아무 잘못이 없다는 사실입니다. 이 다큐멘터리는 사건을 객관적으로 이야기하기 위한 것일 뿐만 아니라, 여성들이 서로 결집하고 지지하고 연대하는 것이 중요하다는 사실을 보여 주는 것이기도 합니다. 일상생활에서 여성 각자가 겪는 일이, 몇몇 남성들은 절대로 알지 못할 시련들로 점철되어 있다는 사실을 인정하는 것이 중요합니다. 그 여성들을 믿고, 이야기를 들어 주고, 함께해야 합니다. 모쪼록 즐겁게 관람하시길 바랍니다."

어쩐지 이야기 속에서 길을 잃어버린 듯한 느낌이었다. 얼굴이 뜨겁게 달아올랐다. 나는 사람들이 박수를 치는 동안 얼른 마농 옆으로 도망쳤다.

"멋졌어!"

마농이 나를 안심시키려고 했다.

곧이어 마르탱이 조명을 끄고 영상을 틀었다. 주위가 어두워진 뒤에야 조심스럽게 마농에게 폴의 등장을 알렸다. 마농은 자기도 봤다는 듯이 고개를 끄덕였다. 녀석이 대체 여기서 뭘 하려는 걸까? 우리를 비웃기 위해 온 걸까? 아니면 놀리려고? 혹시 후회하고 있을까? 어떤 것도 짐작할 수 없었기에 그저 궁금증만 더해 갈 뿐이었다.

다큐멘터리는 대략 삼십 분 정도 길이였다. 프랑스와 미국의 페미니스트 운동과 관련된 영상이 섞여 나오는 중간중간, 마르탱이 학교 안에서 찍은 장면들이 삽입돼 있었다. 점거 농성에 참여했던 아이들이 각자 자신이 가담한 이유를 설명하는 인터뷰도 있었다. 고등학생들이 만든 것치고는 아주 완성도가 높았다. 내레이션은 없었지만, 가끔씩 어떤 말을 할지 생각하고 있는 아이들을 클로즈업한 화면들이 나왔다. 영상은 퍽 아름다웠다. 마농이 열심히 작업했다는 걸 단박에 알아차릴 수 있었다.

영상이 끝나고 엔딩 크레딧이 올라가자 사람들이 박수를 쳤다. 그러나 마르탱은 조명을 켜지 않았다. 이유가 있었다. 삼십 초 후 놀라운 화면이 이어졌다. 바로 카메라 앞에 앉은 폴 뮐러의 영상이었다. 나는 곧바로 몸을 돌려 강당 구석에 움츠리고 있는 녀석을 쳐다보았다. 스피커에서 마르탱의 목소리가 흘러나왔다.

"너는 이 이야기를 통해서 어떤 걸 알게 되었어?"

화면 속 폴은 카메라를 보지 않으려고 하면서 어깨를 으쓱했다.

"앞으로는 조심해야 한다고, 내 행동과 말에 좀 더 책임감을 가져야 한다고……. 우리가 농담이라고 생각하는 것들이 다른 사람을 진짜로 아프게 할 수 있다는 거."

그러고는 침묵이 이어졌다. 마르탱이 또 물었다.

"그래서, 네가 그렇게 한 게 맞아?"

폴은 자세를 고쳐 앉더니 말없이 카메라를 응시했다. 그리고 다큐멘터리가 끝났다.

나는 너무 혼란스러웠다. 폴은 인정하지 않았지만 그 애의 눈빛이 대신해서 말하고 있었다. 어떤 대답을 했는지 궁금했다. 아마도 '아니'였을 것이다. '응'이라고 말했다면 편집되지 않고 그대로 나왔겠지. 하지만 그래도 반대의 답이기를 바랐다. 다시 뒤를 돌아보았을 때 폴이 막 복도로 사라지는 모습이 보였다. 녀석을 붙잡을까 잠깐 고민했지만 그냥 내버려 두기로 했다. 당분간은.

다시 한번 박수갈채가 터져 나왔다. 이후에는 다과를 곁들이며 청중들과 이야기하는 시간을 가졌다. 선생님들이 마농과 마르탱을 아낌없이 칭찬했다. 어떤 선생님은 이 다큐멘터리를 고등학생 대상의 영화제에 출품하라는 제안까지 했다.

나는 다과가 차려진 테이블 옆에서 클라라, 이네스와 함께 서 있었다. 감동의 물결에서 미처 빠져나오지 못한 채.

"완전 멋졌어. 이렇게 영화로 보니까 우리가 저기에서 직접 경험했다는 게 믿기지가 않아."

나는 이네스의 말에 고개를 끄덕이면서 갑작스럽게 떠오른 생각을 말했다.

"너희에게 제안하고 싶은 게 있어. 이제 영혼 없이 학교 신문 만드는 거 지겨워. 나 없이도 마르탱이 아주 잘할 거야. 그래서 남은 학기 동안 새로운 걸 해 보고 싶은데, 여성을 위한 페미니즘 잡지를 만들까 해. 정보도 알려 주고, 인터뷰도 싣고……. 또 학생들과 선생님들이 글을 발표하는 플랫폼이 되어 주는 거야. 어때? 너희도 같이해 볼래?"

클라라와 이네스는 서로 눈빛을 교환하고서는 동시에 고개를 끄덕였다.

"난 널 믿어. 기꺼이 함께할게."

클라라의 말에 이네스가 윙크로 대답을 대신했다.

마음이 한결 가벼워졌다. 나는 한동안 우리가 두 달 전에 시작했던 일을 지속할 수 있는 방법을 고민했다. 이 새로운 친구들의 원동력을 잃고 싶지 않았고, 맞서 싸워야 할 구체적인 대상이 아무도 없다 할지라도 우리 마음에 들지 않는 것은 계속해서 고발할 필요가 있다는 생각이 들었기 때문이다. 여성들이 직접 목소리를 낼 수 있도록 도와주는 것보다 더 좋은 일이 어디 있을까?

결국 올랭프 드 구주 고등학교 사건은 단순한 해프닝으로 그치지 않았다. 우리는 더 이상 수동적으로 살아가지 않을 것이다. 우리의 권리를 위해, 그리고 자신을 변호할 수 없는 여성들의 권리를 위해 싸울 것이다.

처음에는 기사를 쓰기 위해 아멜린에게 관심을 가졌고, 그러다 정의를 얻기 위해 투쟁을 시작했다. 결국에는 처음 가졌던 동기보다 훨씬 더 큰 결과물을 얻었다. 지금 나에게는 친구들이 있다. 그리고 내가 누구인지, 무얼 할 수 있는지 인지하게 되었으며, 강력한 분노를 통해 이 운동을 계속하고자 하는 마음이 생겼다.

올랭프 드 구주 고등학교 사건은 나와 다른 이들을 일깨워 새로 태어나게 했다. 이것은 이제 시작일 뿐이다. 우리는 평생에 걸쳐 변화를 만들어 갈 테니까.

금요일 오후 6:36

안녕. 라셀?

우선 내 소개부터 할게. 난 고등학교 2학년 여학생이고. 네가 사는 곳과는 정반대쪽 도시에 살고 있어. 올해 '고등학교 다큐 상 대회'에 심사 위원으로 참여했다가 우연히 네 얘기를 듣게 되었어. 사람들이 너희가 출품한 영화를 정말 많이 좋아하더라. 그런데 지금 그 얘기를 하려는 건 아니야.

사실은 얼마 전에 내 친구 한 명이 이틀 동안 출석 정지를 당했어. 체육관 탈의실에서 같은 반 남자애가 장난이랍시고 내 친구의 치마를 자꾸 들추었거든. 내 친구가 참다 참다 결국 그 남자애에게 욕을 퍼부었는데……. 안타깝게도 그 남자애가 내 친구를 괴롭히는 모습을 본 사람은 없고. 내 친구가 그 남자애에게 욕하는 걸 본 사람은 있어. 선생님들은 당연하게도 내 친구의 말을 믿으려 하지 않으셔. 어떤 선생님은 그 나이대 남자애들은 철이 없어서 원래 그렇다고 두둔하시기까지 하지 뭐야.

나를 비롯해서 여학생들은 이 일이 몹시 부당하다고 생각해. 그래서 생활지도 부장 선생님을 찾아가 이야기를 해 보았는데. 우리 얘기를 귓등으로도 듣지 않으시더라고. 이제 어떻게 하면 좋을지 네가 조언을 좀 해 줘.

읽어 줘서 고마워.

ps. 우리 학교는 시몬 베이 고등학교야. 시몬 베이 알지? 성 평등과 여성 인권을 위해 헌신한 프랑스의 여성 정치가잖아. 사람들이 뭔가를 놓치고 있는 것 같지?

할 말 있어요

첫판 1쇄 펴낸날 2021년 12월 24일
2쇄 펴낸날 2022년 6월 17일

지은이 일라나 캉탱 **옮긴이** 김자연
펴낸이 박창희
편집 김수진 **디자인** 정진희
마케팅 최창호 **회계** 양여진

펴낸곳 (주)라임
출판등록 2013년 8월 8일 제2013-000091호
주소 경기도 파주시 심학산로 10, 우편번호 10881
전화 031) 955-9020, 9021 **팩스** 031) 955-9022
이메일 lime@limebook.co.kr **인스타그램** @lime_pub

ISBN 979-11-89208-93-6 44860
979-11-951893-0-4 (세트)

* 잘못된 책은 구입하신 서점에서 바꾸어 드립니다.
* 본서의 반품 기한은 2027년 6월 30일까지입니다.